D0112706

ALFAGUARA

Cuentos mexicanos

Antología

Selección y prólogo de
Sealtiel Alatriste

- Juan José Arreola
- Juan Rulfo
- José Revueltas
- Rosario Castellanos
- Carlos Fuentes • Sergio Pitol
- José Emilio Pacheco

ALFAGUARA

CUENTOS MEXICANOS. ANTOLOGÍA
D. R. © Del texto: "*El guardagujas*", en **Confabulario**, Juan José Arreola, 1952.
D. R. © "*¡Diles que no me maten!*", en **Llano en llamas**, Juan Rulfo, 1953.
D. R. © "*Lo que sólo uno escucha*" en **Dormir en tierra**, José Revueltas, 1971.*
D. R. © "*Chac Mool*", en **Los días enmascarados**, Carlos Fuentes, 1954.
D. R. © "*Amelia Otero*", en **Cuerpo presente**, Sergio Pitol, 1957.
D. R. © "*La suerte de Teodoro Méndez Acubal*", en **Ciudad real**, Rosario Castellanos, 1960.
D. R. © "*Tarde de agosto*", en **El viento distante**, José Emilio Pacheco, 1963.*
Revisado y corregido por el autor para la presente edición.

De esta edición:
D. R. © Aguilar, Altea, Taurus, Alfaguara, S. A. de C. V., 1996
Av. Universidad 767, Col. del Valle
México, 03100, D.F. Teléfono 5688 8966
www.alfaguara.com.mx

- Santillana, S. A.
  Torrelaguna 60-28043, Madrid, España.
- Santillana, S. A.
  Av. San Felipe 731, Lima, Perú.
- Editorial Santillana, S. A.
  Av. Rómulo Gallegos, Edif. Zulia 1er. piso
  Boleita Nte., 1071, Caracas, Venezuela.
- Editorial Santillana Inc.
  P.O. Box 19-5462 Hato Rey, 00919, San Juan, Puerto Rico.
- Santillana Publishing Company Inc.
  2043 N. W. 87 th Avenue, 33172, Miami, Fl., E. U. A.
- Ediciones Santillana, S. A. (ROU)
  Constitución 1889, 11800, Montevideo, Uruguay.
- Aguilar, Altea, Taurus, Alfaguara, S. A.
  Beazley 3860, 1437, Buenos Aires, Argentina.
- Aguilar Chilena de Ediciones Ltda.
  Dr. Aníbal Ariztía 1444, Providencia, Santiago de Chile.
- Santillana de Costa Rica, S. A.
  La Uraca, 100 mts. Oeste de Migración y Extranjería, San José, Costa Rica.

Primera edición en Alfaguara: agosto de 1996
Octava reimpresión: agosto de 2000

ISBN: 968-19-0302-1

D. R. © Diseño de la coleccion: José Crespo, Rosa Marín y Jesús Sanz.
D. R. © Foto de cubierta: Jorge Pablo de Aguinaco
*Los cuentos "*Lo que sólo uno escucha*" y "*Tarde de agosto*" se publican con la autorización de Ediciones Era, S. A. de C. V.

Impreso en México

Cuentos
mexicanos

Prólogo

Esta antología, por sí sola, bastaría para demostrar que la literatura mexicana ha volado muy alto a lo largo de este siglo, y que se ha atrevido a abordar una enorme variedad de temas, desde tan diversas visiones del mundo que, con justicia, podríamos aseverar una perogrullada: la mexicana es una literatura universal. Y digo perogrullada, porque, después de todo, qué literatura actualmente no es universal. Si algo caracteriza al movimiento literario del siglo XX es precisamente su universalidad. Mientras los economistas y banqueros se esfuerzan por convencernos de que los movimientos globalizadores del mundo son el pivote de nuestro desarrollo, la literatura, el arte en general, llevan mucho tiempo haciendo de este argumento no sólo una moneda corriente, sino prácticamente su razón de ser. No creo que, en un ningún sentido, se pueda sostener el concepto de literatura nacional, tratando de marcar con ello ciertas fronteras, o de excepcionalizar una forma de pensamiento. Afortunadamente, las fuentes literarias en las que abrevamos son patrimonio de todos, y para un escritor francés, sus raíces están tanto en Balzac como en el ruso Tolstoi; las de un inglés, en Shakespeare y García Márquez; las de un latinoamericano, con mayor razón, en el nicaragüense Rubén Darío, en el cubano Alejo Carpentier, o el mexicano Jual Rulfo.

Volviendo a México, y particularmente a esta antología, en ella encontraremos una muestra de los mejores autores de la segunda mitad de nuestro siglo. Estos cuentos fueron escritos en poco más de una década, de 1952 a 1963, y sin embargo siguen conservando una furiosa actualidad. El libro se abre con un maravillloso cuento de Juan José Arreola, *El guardagujas,* que es una metáfora del progreso que aparentemente se nos niega, del paso arrollador del tiempo, y la burocracia que nos consume. Le sigue *¡Diles que no me maten!*, un relato desgarrador sobre el sentido de la vida y la muerte en un estado de violencia, que no solamente nos recuerda un episodio probable de la Revolución mexicana, sino que su autor, Juan Rulfo, nos ofrece una parábola sobre la angustia que significa estar condenado a muerte. ¿Quién no piensa, al leerlo, en esos compatriotas condenados a muerte por la justicia norteamericana? *Lo que sólo uno escucha*, de José Revueltas, es una amarga metáfora sobre el deseo de autorrealización, el efecto mágico de la música, y las ilusiones que sostienen al espíritu humano hasta el último momento. El mundo indígena está presente, siempre, en la literatura de Rosario Castellanos. *La suerte de Teodoro Méndez Acubal* nos enseña por qué no hemos sabido comprender cabalmente la realidad de un estado como Chiapas, y por qué, vergonzosamente, muchos indios siguen todavía marginados. *Chac Mool* es el cuento fantástico por excelencia en la literatura mexicana, y leído ahora, parece una advertencia providencial para que comprendamos qué futuro nos espera si negamos nuestra historia. Se ha dicho con justicia que Fuentes es un autor cosmopolita, este cuento da razón de que las raíces de su visión cosmopolita nacieron en el pasado prehispánico. *Amelia Otero* narra un tema muy de nuestra "crisis", la debacle de una familia, de una manera de ser, y el olvido al que somos tan propensos en estas latitudes; un cuento intimista, que de no estar escrito en el español perfecto de Sergio Pitol, con un cierto sabor veracruzano, podría pasar por un cuento clásico, digamos, de Chejov. Finalmente, *Tarde de agosto* es un relato de amor adolescente, de las pasiones y miedo, de las angustias, los sinsabores e ilusiones que provoca el primer amor. Con él José Emilio Pacheco da carta de identidad a la literatura juvenil que, posteriormente, con José Agustín entre otros, dará brillo a la literatura mexicana, pero eso es, como se sabe, harina de otro costal, o si se quiere, de otro libro.

Como todo buen libro, esta antología es todo lo que he dicho y mucho más. Como advirtiera mi maestro Sergio Fernández en el prólogo de uno de sus libros, el lector se encontrará con esto, pero también con sus propios sueños, con su mundo, con sus ilusiones puestas, de alguna manera, en el mágico lenguaje de estos prodigiosos escritores mexicanos.

Sealtiel Alatriste

El guardagujas

Juan José Arreola

El forastero llegó sin aliento a la estación desierta. Su gran valija, que nadie quiso cargar, le había fatigado en extremo. Se enjugó el rostro con un pañuelo, y con la mano en visera miró los rieles que se perdían en el horizonte. Desalentado y pensativo consultó su reloj: la hora justa en que el tren debía partir.

Alguien, salido de quién sabe dónde, le dio una palmada muy suave. Al volverse, el forastero se halló ante un viejecillo de vago aspecto ferrocarrilero. Llevaba en la mano una linterna roja, pero tan pequeña, que parecía de juguete. Miró sonriendo al viajero, que le preguntó con ansiedad:

—Usted perdone, ¿ha salido ya el tren?

—¿Lleva usted poco tiempo en este país?

—Necesito salir inmediatamente. Debo hallarme en T. mañana mismo.

—Se ve que usted ignora las cosas por completo. Lo que debe hacer ahora mismo es buscar alojamiento en la fonda para viajeros —y señaló un extraño edificio ceniciento que más bien parecía un presidio.

—Pero yo no quiero alojarme, sino salir en el tren.

—Alquile usted un cuarto inmediatamente, si es que lo hay. En caso de que pueda conseguirlo, contrátelo por mes, le resultará más barato y recibirá mejor atención.

—¿Está usted loco? Yo debo llegar a T. mañana mismo.

—Francamente, debería abandonarlo a su suerte. Sin embargo, le daré algunos informes.

—Por favor...

—Este país es famoso por sus ferrocarriles, como usted sabe. Hasta ahora no ha sido posible organizarlos debidamente, pero se han hecho ya grandes cosas en lo que se refiere a la publicación de itinerarios y a la expedición de boletos. Las guías ferroviarias abarcan y enlazan todas las poblaciones de la nación; se expenden boletos hasta para las aldeas más pequeñas y remotas. Falta solamente que los convoyes cumplan las indicaciones contenidas en las guías y que pasen efectivamente por las estaciones. Los habitantes del país así lo esperan; mientras tanto, aceptan las irregularidades del servicio y su patriotismo les impide cualquier manifestación de desagrado.

—Pero ¿hay un tren que pasa por esta ciudad?

—Afirmarlo equivaldría a cometer una inexactitud. Como usted puede darse cuenta, los rieles existen, aunque un tanto averiados. En algunas poblaciones están sencillamente indicados en el suelo, mediante dos rayas de gis. Dadas las condiciones actuales, ningún tren tiene la obligación de pasar por aquí, pero nada impide que eso pueda suceder. Yo he visto pasar muchos trenes en mi vida y conocí algunos viajeros que pudieron abordarlos. Si usted espera convenientemente, tal vez yo mismo tenga el honor de ayudarle a subir a un hermoso y confortable vagón.

—¿Me llevará ese tren a T.?

—¿Y por qué se empeña usted en que ha de ser precisamente a T.? Debería darse por satisfecho si pudiera abordarlo. Una vez en el tren, su vida tomará efectivamente algún rumbo. ¿Qué importa si ese rumbo no es el de T.?

—Es que yo tengo un boleto en regla para ir a T. Lógicamente, debo ser conducido a ese lugar, ¿no es así?

—Cualquiera diría que usted tiene razón. En la fonda para viajeros podrá usted hablar con personas que han tomado sus precauciones, adquiriendo grandes cantidades de boletos. Por regla general, las gentes previsoras compran pasajes para todos los puntos del país. Hay quien ha gastado en boletos una verdadera fortuna...

—Yo creí que para ir a T. me bastaba un boleto. Mírelo usted...

—El próximo tramo de los ferrocarriles nacionales va a ser construido con el dinero de una sola persona que acaba de gastar su inmenso capital en pasajes de ida y vuelta para un trayecto ferroviario cuyos planos, que incluyen extensos túneles y puentes, ni siquiera han sido aprobados por los ingenieros de la empresa.

—Pero el tren que pasa por T., ¿ya se encuentra en servicio?

—Y no sólo ése. En realidad, hay muchísimos trenes en la nación, y los viajeros pueden utilizarlos con relativa frecuencia, pero tomando en cuenta que no se trata de un servicio formal y definitivo. En otras palabras, al subir a un tren, nadie espera ser conducido al sitio que desea.

—¿Cómo es eso?

—En su afán de servir a los ciudadanos, la empresa debe recurrir a ciertas medidas desesperadas. Hace circular trenes por lugares intransitables. Esos convoyes expedicionarios emplean a veces varios años en su trayecto, y la vida de los viajeros sufre algunas transformaciones importantes. Los fallecimientos no son raros en tales casos, pero la empresa, que todo lo ha previsto, añade a esos trenes un vagón capilla ardiente y un vagón cementerio. Es motivo de orgullo para los conductores depositar el cadáver de un viajero —lujosamente embalsamado— en los andenes de la estación que prescribe su boleto. En ocasiones, estos trenes forzados recorren trayectos en que falta uno de los rieles. Todo un lado de los vagones se estremece lamentablemente con los golpes que dan las ruedas sobre los durmientes. Los viajeros de primera —es otra de las previsiones de la empresa— se colocan del lado en que hay riel. Los de segunda padecen los golpes con resignación. Pero hay otros tramos en que faltan ambos rieles; allí los viajeros sufren por igual, hasta que el tren queda totalmente destruido.

—¡Santo Dios!

—Mire usted: la aldea de F. surgió a causa de uno de esos accidentes. El tren fue a dar a un terreno impracticable. Lijadas por la arena, las ruedas se gastaron hasta los ejes. Los viajeros pasaron tanto tiempo juntos, que de las obligadas conversaciones triviales surgieron amistades estrechas. Algunas de esas amistades se tranformaron pronto en idilios, y el resultado ha sido F., una aldea progresista llena de niños traviesos que juegan con los vestigios enmohecidos del tren.

—¡Dios mío, yo no estoy hecho para tales aventuras!

—Necesita usted ir templando su ánimo; tal vez llegue usted a convertirse en héroe. No crea que falten ocasiones para que los viajeros demuestren su valor y sus capacidades de sacrificio. Recientemente, doscientos pasajeros anónimos escribieron una de las páginas más gloriosas en nuestros anales ferroviarios. Sucede que en un viaje de prueba, el maquinista advirtió a tiempo una grave omisión de los constructores de la línea. En la ruta faltaba el puente que debía salvar un abismo. Pues bien, el maquinista, en vez de poner marcha hacia atrás, arengó a los pasajeros y obtuvo de ellos el esfuerzo necesario para seguir adelante. Bajo su enérgica dirección, el tren fue desarmado pieza por pieza y conducido en hombros al otro lado del abismo, que todavía reservaba la sorpresa de contener en su fondo un río caudaloso. El resultado de la hazaña fue tan satisfactorio que la empresa renunció definitivamente a la construcción del puente, conformándose con hacer un atractivo descuento en las tarifas de los pasajeros que se atreven a afrontar esa molestia suplementaria.

—¡Pero yo debo llegar a T. mañana mismo!

—¡Muy bien! Me gusta que no abandone usted su proyecto. Se ve que es usted un hombre de convicciones. Alójese por lo pronto en la fonda y tome el primer tren que pase. Trate de hacerlo cuando menos; mil personas estarán para impedírselo. Al llegar un convoy, los viajeros, irritados por una espera demasiado larga, salen de la fonda en tumulto para invadir ruidosamente la estación. Muchas veces provocan accidentes con su increíble falta de cortesía y de prudencia. En vez de subir ordenadamente se dedican a aplastarse unos a otros; por lo menos, se impiden para siempre el abordaje, y el tren se va dejándolos amotinados en los andenes de la estación. Los viajeros, agotados y furiosos, maldicen su falta de educación, y pasan mucho tiempo insultándose y dándose de golpes.

—¿Y la policía no interviene?

—Se ha intentado organizar un cuerpo de policía en cada estación, pero la imprevisible llegada de los trenes hacía tal servicio inútil y sumamente costoso. Además, los miembros de ese cuerpo demostraron muy pronto su venalidad, dedicándose a proteger la salida exclusiva de pasajeros adinerados que les daban a cambio de esa ayuda todo lo que llevaban encima. Se resolvió entonces el establecimiento de un tipo especial de escuelas, donde los futuros viajeros reciben lecciones de urbanidad y un entrenamiento adecuado. Allí se les enseña la manera correcta de abordar un convoy, aunque esté en movimiento y a gran velocidad. También se les proporciona una especie de armadura para evitar que los demás pasajeros les rompan las costillas.

—Pero una vez en el tren, ¿está uno a cubierto de nuevas contingencias?

—Relativamente. Sólo le recomiendo que se fije muy bien en las estaciones. Podría darse el caso de que usted creyera haber llegado a T., y sólo fuese una ilusión. Para regular la vida a bordo de los vagones demasiado repletos, la empresa se ve obligada a echar mano de ciertos expedientes. Hay estaciones que son pura apariencia: han sido construidas en plena selva y llevan el nombre de alguna ciudad importante. Pero basta poner un poco de atención para descubrir el engaño. Son como las decoraciones del teatro, y las personas que figuran en ellas están llenas de aserrín. Esos muñecos revelan fácilmente los estragos de la intemperie, pero son a veces una perfecta imagen de la realidad: llevan en el rostro las señales de un cansancio infinito.

—Por fortuna, T. no se halla muy lejos de aquí.

—Pero carecemos por el momento de trenes directos. Sin embargo, no debe excluirse la posibilidad de que usted llegue mañana mismo, tal como desea. La organización de los ferrocarriles, aunque deficiente, no excluye la posibilidad de un viaje sin escalas. Vea usted, hay personas que ni siquiera se han dado cuenta de lo que pasa. Compran un boleto para ir a T. Viene un tren, suben, y al día siguiente oyen que el conductor anuncia: "Hemos llegado a T." Sin tomar precaución alguna, los viajeros descienden y se hallan efectivamente en T.

—¿Podría yo hacer alguna cosa para facilitar ese resultado?

—Claro que puede usted. Lo que no se sabe es si le servirá de algo. Inténtelo de todas maneras. Suba usted al tren con la idea fija de que va a llegar a T. No trate a ninguno de los pasajeros. Podrán desilusionarlo con sus historias de viaje, y hasta denunciarlo a las autoridades.

—¿Qué está usted diciendo?

—En virtud del estado actual de las cosas los trenes viajan llenos de espías. Estos espías, voluntarios en su mayor parte, dedican su vida a fomentar el espíritu constructivo de la empresa. A veces uno no sabe lo que dice y habla sólo por hablar. Pero ellos se dan cuenta en seguida de todos los sentidos que puede tener una frase, por sencilla que sea. Del comentario más inocente saben sacar una opinión culpable. Si usted llegara a cometer la menor imprudencia, sería aprehendido sin más; pasaría el resto de su vida en un vagón cárcel o le obligarían a descender en una falsa estación, perdida en la selva. Viaje usted lleno de fe, consuma la menor cantidad posible de alimentos y no ponga los pies en el andén antes de que vea en T. alguna cara conocida.

—Pero yo no conozco en T. a ninguna persona.

—En ese caso redoble usted sus precauciones. Tendrá, se lo aseguro, muchas tentaciones en el camino. Si mira usted por las ventanillas, está expuesto a caer en la trampa de un espejismo. Las ventanillas están provistas de ingeniosos dispositivos que crean toda clase de ilusiones en el ánimo de los pasajeros. No hace falta ser débil para caer en ellas. Ciertos aparatos, operados desde la locomotora, hacen creer, por el ruido y los movimientos, que el tren está en marcha. Sin embargo, el tren permanece detenido semanas enteras, mientras los viajeros ven pasar cautivadores paisajes a través de los cristales.

—¿Y eso qué objeto tiene?

—Todo esto lo hace la empresa con el sano propósito de disminuir la ansiedad de los viajeros y de anular en todo lo posible las sensaciones de traslado. Se aspira a que un día se entreguen plenamente al azar, en manos de una empresa omnipotente, y que ya no les importe saber a dónde van ni de dónde vienen.

—Y usted, ¿ha viajado mucho en los trenes?

—Yo, señor, sólo soy guardagujas. A decir verdad, soy un guardagujas jubilado, y sólo aparezco aquí de vez en cuando para recordar los buenos tiempos. No he viajado nunca, ni tengo ganas de hacerlo. Pero los viajeros me cuentan historias. Sé que los trenes han creado muchas poblaciones además de la aldea de F. cuyo origen le he referido. Ocurre a veces que los tripulantes de un tren reciben órdenes misteriosas. Invitan a los pasajeros a que desciendan de los vagones, generalmente con el pretexto de que admiren las bellezas de un determinado lugar. Se les habla de grutas, de cataratas o de ruinas célebres: "Quince minutos para que admiren ustedes la gruta tal o cual", dice amablemente el conductor. Una vez que los viajeros se hallan a cierta distancia, el tren escapa a todo vapor.

—¿Y los viajeros?

—Vagan desconcertados de un sitio a otro durante algún tiempo, pero acaban por congregarse y se establecen en colonia. Estas paradas intempestivas se hacen en lugares adecuados, muy lejos de toda civilización y con riquezas naturales suficientes. Allí se abandonan lotes selectos, de gente joven, y sobre todo con mujeres abundantes. ¿No le gustaría a usted pasar sus últimos días en un pintoresco lugar desconocido, en compañía de una muchachita?

El viejecillo sonriente hizo un guiño y se quedó mirando al viajero, lleno de bondad y de picardía. En ese momento se oyó un silbido lejano. El guardagujas dio un brinco, y se puso a hacer señales ridículas y desordenadas con su linterna.

—¿Es el tren? —preguntó el forastero.

El anciano echó a correr por la vía, desaforadamente. Cuando estuvo a cierta distancia, se volvió para gritar:

—¡Tiene usted suerte! Mañana llegará a su famosa estación. ¿Cómo dice usted que se llama?

—¡X! —contestó el viajero.

En ese momento el viejecillo se disolvió en la clara mañana. Pero el punto rojo de la linterna siguió corriendo y saltando entre los rieles, imprudentemente, al encuentro del tren.

Al fondo del paisaje, la locomotora se acercaba como un ruidoso advenimiento.

¡Diles que no me maten!

Juan Rulfo

¡Diles que no me maten, Justino! Anda, vete a decirles eso. Que por caridad. Así diles. Diles que lo hagan por caridad.

—No puedo. Hay allí un sargento que no quiere oír hablar nada de ti.

—Haz que te oiga. Date tus mañas y dile que para sustos ya ha estado bueno. Dile que lo haga por caridad de Dios.

—No se trata de sustos. Parece que te van a matar de a de veras. Y yo ya no quiero volver allá.

—Anda otra vez. Solamente otra vez, a ver qué consigues.

—No. No tengo ganas de ir. Según esto, yo soy tu hijo. Y, si voy mucho con ellos, acabarán por saber quién soy y les dará por fusilarme a mí también. Es mejor dejar las cosas de este tamaño.

—Anda, Justino. Diles que tengan tantita lástima de mí. Nomás eso diles.

Justino apretó los dientes y movió la cabeza diciendo:

—No.

Y siguió sacudiendo la cabeza durante mucho rato.

—Díle al sargento que te deje ver al coronel. Y cuéntale lo viejo que estoy. Lo poco que valgo. ¿Qué ganancia sacará con matarme? Ninguna ganancia. Al fin y al cabo él debe de tener un alma. Díle que lo haga por la bendita salvación de su alma.

Justino se levantó de la pila de piedras en que estaba sentado y caminó hasta la puerta del corral. Luego se dio vuelta para decir:

—Voy, pues. Pero si de perdida me afusilan a mí también, ¿quién cuidará de mi mujer y de los hijos?

—La Providencia, Justino. Ella se encargará de ellos. Ocúpate de ir allá y ver qué cosas haces por mí. Eso es lo que urge.

Lo habían traído de madrugada. Y ahora era ya entrada la mañana y él seguía todavía allí, amarrado a un horcón, esperando. No se podía estar quieto. Había hecho el intento de dormir un rato para apaciguarse, pero el sueño se le había ido. También se le había ido el hambre. No tenía ganas de nada. Sólo de vivir. Ahora que sabía bien a bien que lo iban a matar, le habían entrado unas ganas tan grandes de vivir como sólo las puede sentir un recién resucitado.

Quién le iba a decir que volvería aquel asunto tan viejo, tan rancio, tan enterrado como creía que estaba. Aquel asunto de cuando tuvo que matar a don Lupe. No nada más por nomás como quisieron hacerle ver los de Alima, sino porque tuvo sus razones. Él se acordaba:

Don Lupe Terreros, el dueño de la Puerta de Piedra, por más señas su compadre. Al que él, Juvencio Nava, tuvo que matar por eso; por ser el dueño de la Puerta de Piedra y que, siendo también su compadre, le negó el pasto para sus animales.

Primero se aguantó por puro compromiso. Pero después, cuando la sequía, en que vio cómo se le morían uno tras otro sus animales hostigados por el hambre y que su compadre don Lupe seguía negándole la yerba de sus potreros, entonces fue cuando se puso a romper la cerca y a arrear la bola de animales flacos hasta las paraneras para que se hartaran de comer. Y eso no le había gustado a don Lupe, que mandó tapar otra vez la cerca para que él, Juvencio Nava, le volviera a abrir otra vez el agujero. Así, de día se tapaba el agujero y de noche se volvía a abrir, mientras el ganado estaba allí, siempre pegado a la cerca, siempre esperando; aquel ganado suyo que antes nomás se vivía oliendo el pasto sin poder probarlo.

Y él y don Lupe alegaban y volvían a alegar sin llegar a ponerse de acuerdo.

Hasta que una vez don Lupe le dijo:

—Mira, Juvencio, otro animal más que metas al potrero y te lo mato.

Y él contestó:

—Mire, don Lupe, yo no tengo la culpa de que los animales busquen su acomodo. Ellos son inocentes. Ahi se lo haiga si me los mata.

"Y me mató un novillo.

"Esto pasó hace treinta y cinco años, por marzo, porque ya en abril andaba yo en el monte, corriendo del exhorto. No me valieron ni las diez vacas que le di al juez, ni el embargo de mi casa para pagarle la salida de la cárcel. Todavía después se pagaron con lo que quedaba nomás por no perseguirme, aunque de todos modos me perseguían. Por eso me vine a vivir junto con mi hijo a este otro terrenito que yo tenía y que se nombra Palo de Venado. Y mi hijo creció y se casó con la nuera Ignacia y tuvo ya ocho hijos. Así que la cosa ya va para viejo, y según eso debería estar olvidada. Pero, según eso, no lo está.

"Yo entonces calculé que con unos cien pesos quedaba arreglado todo. El difunto don Lupe era solo, solamente con su mujer y los dos muchachitos todavía de a gatas. Y la viuda pronto murió también dizque de pena. Y a los muchachitos se los llevaron lejos, donde unos parientes. Así que, por parte de ellos, no había que tener miedo.

"Pero los demás se atuvieron a que yo andaba exhortado y enjuiciado para asustarme y seguir robándome. Cada que llegaba alguien al pueblo me avisaban:

”—Por ahi andan unos fuereños, Juvencio.

”Y yo echaba pal monte, entreverándome entre los madroños y pasándome los días comiendo sólo verdolagas. A veces tenía que salir a la medianoche, como si me fueran correteando los perros. Eso duró toda la vida. No fue un año ni dos. Fue toda la vida.”

Y ahora habían ido por él, cuando no esperaba ya a nadie, confiado en el olvido en que lo tenía la gente; creyendo que al menos sus últimos días los pasaría tranquilo. “Al menos esto —pensó— conseguiré con estar viejo. Me dejarán en paz.”

Se había dado a esta esperanza por entero. Por eso era que le costaba trabajo imaginar morir así, de repente, a estas alturas de su vida, después de tanto pelear para librarse de la muerte; de haberse pasado su mejor tiempo tirando de un lado para otro arrastrado por los sobresaltos y cuando su cuerpo había acabado por ser un puro pellejo correoso curtido por los malos días en que tuvo que andar escondiéndose de todos.

Por si acaso, ¿no había dejado hasta que se le fuera su mujer? Aquel día en que amaneció con la nueva de que su mujer se le había ido, ni siquiera le pasó por la cabeza la intención de salir a buscarla. Dejó que se fuera sin indagar para nada ni con quién ni para dónde, con tal de no bajar al pueblo. Dejó que se fuera como se le había ido todo lo demás, sin meter las manos. Ya lo único que le quedaba para cuidar era la vida, y ésta la conservaría a como diera lugar. No podía dejar que lo mataran. No podía. Mucho menos ahora.

Pero para eso lo habían traído de allá, de Palo de Venado. No necesitaron amarrarlo para que los siguiera. Él anduvo solo, únicamente maniatado por el miedo. Ellos se dieron cuenta de que no podía correr con aquel cuerpo viejo, con aquellas piernas flacas como sicuas secas, acalambradas por el miedo de morir. Porque a eso iba. A morir. Se lo dijeron.

Desde entonces lo supo. Comenzó a sentir esa comezón en el estómago, que le llegaba de pronto siempre que veía de cerca la muerte y que le sacaba el ansia por los ojos, y que le hinchaba la boca con aquellos buches de agua agria que tenía que tragarse sin querer. Y esa cosa que le hacía los pies pesados mientras su cabeza se le ablandaba y el corazón le pegaba con todas sus fuerzas en las costillas. No, no podía acostumbrarse a la idea de que lo mataran.

Tenía que haber alguna esperanza. En algún lugar podría aún quedar alguna esperanza. Tal vez ellos se hubieran equivocado. Quizá buscaban a otro Juvencio Nava y no al Juvencio Nava que era él.

Caminó entre aquellos hombres en silencio, con los brazos caídos. La madrugada era oscura, sin estrellas. El viento soplaba despacio, se llevaba la tierra seca y traía más, llena de ese olor como de orines que tiene el polvo de los caminos.

Sus ojos, que se habían apeñuscado con los años, venían viendo la tierra, aquí, debajo de sus pies, a pesar de la oscuridad. Allí en la tierra estaba toda su vida. Sesenta años de vivir sobre de ella, de encerrarla entre sus manos, de haberla probado como se prueba el sabor de la carne.

Se vino largo rato desmenuzándola con los ojos, saboreando cada pedazo como si fuera el último, sabiendo casi que sería el último.

Luego, como queriendo decir algo, miraba a los hombres que iban junto a él. Iba a decirles que lo soltaran, que lo dejaran que se fuera: "Yo no le he hecho daño a nadie, muchachos", iba a decirles, pero se quedaba callado. "Más adelantito se los diré", pensaba. Y sólo los veía. Podía hasta imaginar que eran sus amigos; pero no quería hacerlo. No lo eran. No sabía quiénes eran. Los veía a su lado ladeándose y agachándose de vez en cuando para ver por dónde seguía el camino.

Los había visto por primera vez al pardear de la tarde, en esa hora desteñida en que todo parece chamuscado. Habían atravesado los surcos pisando la milpa tierna. Y él había bajado a eso: a decirles que allí estaba comenzando a crecer la milpa. Pero ellos no se detuvieron.

Los había visto con tiempo. Siempre tuvo la suerte de ver con tiempo todo. Pudo haberse escondido, caminar unas cuantas horas por el cerro mientras ellos se iban y después volver a bajar. Al fin y al cabo la milpa no se lograría de ningún modo. Ya era tiempo de que hubieran venido las aguas y las aguas no aparecían y la milpa comenzaba a marchitarse. No tardaría en estar seca del todo.

Así que ni valía la pena de haber bajado; haberse metido entre aquellos hombres como en un agujero, para ya no volver a salir.

Y ahora seguía junto a ellos, aguantándose las ganas de decirles que lo soltaran. No les veía la cara; sólo veía los bultos que se repegaban o se separaban de él. De manera que cuando se puso a hablar, no supo si lo habían oído. Dijo:

—Yo nunca le he hecho daño a nadie —eso dijo.

Pero nada cambió. Ninguno de los bultos pareció darse cuenta. Las caras no se volvieron a verlo. Siguieron igual, como si hubieran venido dormidos.

Entonces pensó que no tenía nada más que decir, que tendría que buscar la esperanza en algún otro lado. Dejó caer otra vez los brazos y entró en las primeras casas del pueblo en medio de aquellos cuatro hombres oscurecidos por el color negro de la noche.

—Mi coronel, aquí está el hombre.

Se habían detenido delante del boquete de la puerta. Él, con el sombrero en la mano, por respeto, esperando ver salir a alguien. Pero sólo salió la voz:

—¿Cuál hombre? —preguntaron.

—El de Palo de Venado, mi coronel. El que usted nos mandó a traer.

—Pregúntale que si ha vivido alguna vez en Alima —volvió a decir la voz de allá adentro.

—¡Ey, tú! ¿Que si has habitado en Alima? —repitió la pregunta el sargento que estaba frente a él.

—Sí. Dile al coronel que de allá mismo soy. Y que allí he vivido hasta hace poco.

—Pregúntale que si conoció a Guadalupe Terreros.

—Que dizque si conociste a Guadalupe Terreros.

—¿A don Lupe? Sí. Dile que sí lo conocí. Ya murió.

Entonces la voz de allá adentro cambió de tono:

—Ya sé que murió —dijo. Y siguió hablando como si platicara con alguien allá, al otro lado de la pared de carrizos:

"—Guadalupe Terreros era mi padre. Cuando crecí y lo busqué me dijeron que estaba muerto. Es algo difícil crecer sabiendo que la cosa de donde podemos agarrarnos para enraizar está muerta. Con nosotros, eso pasó.

"Luego supe que lo habían matado a machetazos, clavándole después una pica de buey en el estómago. Me contaron que duró más de dos días perdido y que, cuando lo encontraron, tirado en un arroyo, todavía estaba agonizando y pidiendo el encargo de que le cuidaran a su familia.

"Esto, con el tiempo, parece olvidarse. Uno trata de olvidarlo. Lo que no se olvida es llegar a saber que el que hizo aquello está aún vivo, alimentando su alma podrida con la ilusión de la vida eterna. No podría perdonar a ése, aunque no lo conozco; pero el hecho de que se haya puesto en el lugar donde yo sé que está, me da ánimos para acabar con él. No puedo perdonarle que siga viviendo. No debía haber nacido nunca."

Desde acá, desde afuera, se oyó bien claro cuanto dijo. Después ordenó:

—¡Llévenselo y amárrenlo un rato, para que padezca, y luego fusílenlo!

—¡Mírame, coronel! —pidió él—. Ya no valgo nada. No tardaré en morirme solito, derrengado de viejo. ¡No me mates...!

—¡Llévenselo! —volvió a decir la voz de adentro.

—...Ya he pagado, coronel. He pagado muchas veces. Todo me lo quitaron. Me castigaron de muchos modos. Me he pasado cosa de cuarenta años escondido como un apestado, siempre con el pálpito de que en cualquier rato me matarían. No merezco morir así, coronel. Déjame que, al menos, el Señor me perdone. ¡No me mates! ¡Diles que no me maten!

Estaba allí, como si lo hubieran golpeado, sacudiendo su sombrero contra la tierra. Gritando.

En seguida la voz de allá adentro dijo:

—Amárrenlo y denle algo de beber hasta que se emborrache para que no le duelan los tiros.

Ahora, por fin, se había apaciguado. Estaba allí arrinconado al pie del horcón. Había venido su hijo Justino y su hijo Justino se había ido y había vuelto y ahora otra vez venía.

Lo echó encima del burro. Lo apretaló bien apretado al aparejo para que no se fuese a caer por el camino. Le metió su cabeza dentro de un costal para que no diera mala impresión. Y luego le hizo pelos al burro y se fueron, arrebiatados, de prisa, para llegar a Palo de Venado todavía con tiempo para arreglar el velorio del difunto.

—Tu nuera y los nietos te extrañarán —iba diciéndole—. Te mirarán a la cara y creerán que no eres tú. Se les afigurará que te ha comido el coyote, cuando te vean con esa cara tan llena de boquetes por tanto tiro de gracia como te dieron.

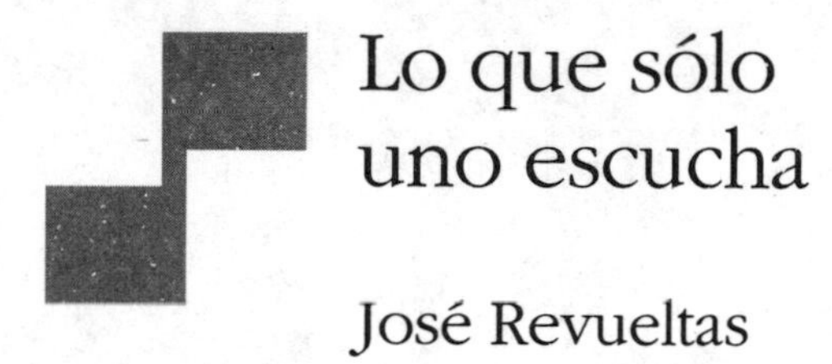

Lo que sólo uno escucha

José Revueltas

Para Rosa Castro

La mano derecha, humilde, pero como si prolongase aún el mágico impulso, descendió con suma tranquilidad a tiempo de que el arco describía en el aire una suave parábola. Eran evidentes la actitud de pleno descanso, de feliz desahogo y cierta escondida sensación de victoria y dominio, aunque todo ello se expresara como con timidez y vergüenza, como con miedo de destruir algún íntimo sortilegio o de disipar algún secretísimo diálogo interior a la vez muy hondo y muy puro. La otra mano permaneció inmóvil sobre el diapasón, también víctima del hechizo y la alegría, igualmente atenta a no romper el minuto sagrado, y sus dedos parecían no atreverse a recobrar la posición ordinaria, fijos de estupor, quietos a causa del milagro.

Aquello era increíble, mas con todo, la expresión del rostro de Rafael mostrábase singularmente paradójica y absurda. Una sonrisa tonta vagaba por sus labios y se diría que de pronto iba a llorar de agradecimiento, de lamentable humildad.

—No puede ser, no es cierto; es demasiado hermoso —balbuceó presa de una agitación extraña y enfermiza. Apartó el violín de bajo su barbilla y oprimiéndolo luego con el codo, la mano izquierda libre y sin que la otra abandonase el arco, se puso a examinar ambas flexionando ridículamente los dedos, una y otra vez, como si los quisiera desembarazar de un calambre—. No puedo creerlo, es demasiado —repitió.

Después de las más amargas incertidumbres, hoy era como si las tinieblas de la duda se hubieran disipado para siempre. Su mano izquierda se había conducido con destreza, seguridad e iniciativa extraordinarias; supo ir, de la primera a la séptima posiciones, no sólo por cuanto a lo que la partitura indicaba, sino sobre todo, por cuanto a la inquietud de descubrir nuevos matices y enriquecer el timbre mediante la selección de cuerdas que el propio compositor no había señalado. En esta forma los periodos opacos cobraron una brillantez súbita; las frases banales, un patetismo arrebatador y todo aquello que ya era de por sí profundo y noble se elevó a una espléndida y altiva grandeza. Por lo que hace a los sonidos simultáneos —que fueron su más atroz pesadilla en el Conservatorio—, le fue posible alcanzar no sólo las terceras, sino todas las décimas de doble cuerda, aun cuando éstas siempre se le habían dificultado grandemente a causa de la torpe digitación. La mano derecha, a su vez, se condujo con exactitud y precisión prodigiosas al encontrar y obtener, cuando se la requería para ello, el punto de la escala propio o el color más inesperado de la encordadura, ya aproximándose o alejándose del puente, ya con el uso del arco entero o sólo del talón o la punta, según lo pidiese el fraseo. O finalmente, con el ataque individual de cada sonido en el alegre y juvenil *stacatto* o en el brioso y reidor *saltando*. A causa de todo eso la impresión de conjunto resultó de una intensidad conmovedora y los sentimientos que la música expresaba, la bondad, el amor, la angustia, la esperanza, la serenidad del alma, surgieron libres, radiantes y jubilosos como un canto sobrenatural y lleno de misterio.

"Ahora cambiará todo —se dijo Rafael después de haberse escuchado—; será todo distinto. Todo cambiará." Sonreía hacia algo muy interior de sí mismo y por eso su rostro mostraba un aire estúpido. Era imposible darse cuenta si un fantástico dios nacía en lo más hondo de su ser o si un oscuro ángel malo y potente se combinaba en turbia forma con ese dios.

Caminó en dirección de la mesa cubierta con un mantel de hule roñoso, y en el negro y deteriorado estuche que sobre ella descansaba guardó el violín después de cubrirlo con un paño verde. Llamaron su atención las figuras del mantel, infinita y depresivamente repetidas en cada una de las porciones que lo componían. "Todo cambiará, todo", se repitió, y advirtió que ahora esa frase se refería al mantel. Cuántas veces no hubiera deseado cambiarlo, pero cuántas, también, no se guardaba ni siquiera de formular este deseo frente a su mujer, tan pobre, tan delgada y tan llena de palabras que no se atrevía a pronunciar jamás. Eran unas tercas figuras de volatineros sin sentido, inmóviles, inhumanos, que se arrojaban unos a otros doce círculos de color a guisa de los globos de cristal que los volatineros reales se arrojan en las ferias.

"Hasta esto mismo, hasta este mantel cambiará", finalizó sin detenerse a considerar lo prosaico de su empeño —cuando lo embargaban en contraste tan elevadas emociones— y sin que la vaga y penosa sonrisa se esfumara de sus labios.

No quería sentirse feliz, no quería desatar, sacrílegamente, esa dicha que iluminaba su espíritu. Algo indecible se le había revelado, mas era preciso callar porque tal revelación era un secreto infinito.

Nuevamente se miró las manos y otra vez se sintió muy pequeño, como si esas manos no fueran suyas. "Es demasiado hermoso, no puede ser. Pero ahora todo cambiará, gracias a Dios." Lo indecible de que nadie hubiera escuchado su ejecución, y que él, que él solo sobre la tierra, fuera su propio testigo, sin nadie más.

—Parece como si tuvieras fiebre; tus ojos no son naturales —le dijo su mujer a la hora de la comida. No era eso lo que quería decirle, sin embargo. Querría haberle dicho, pero no pudo, que su mirada era demasiado sumisa y llena de bondad, que sus ojos tenían una indulgencia y una resignación aterradoras.

—¿Estás enfermo? —preguntaron a coro y con ansiedad los niños. Rafael no respondió sino con su sonrisa lastimera y lejana.

"No les diré una palabra. Lo que me ocurre es como un pecado que no se puede confesar." Y al decirse esto, Rafael sintió un tremendo impulso de ponerse en pie y dar a su mujer un beso en la frente, pero lo detuvo la idea de que aquello le causaría alarma.

Ella lo miró con una atención cargada de presentimientos. Ahora lo veía más encorvado y más viejo, pero con ese brillo humilde en los ojos y esa dulzura torpe en los labios que eran como un índice extraño, como un augurio sin nombre. "Es un anuncio de la muerte. No puede ser sino la muerte. Pero, ¿cómo decírselo? ¿Cómo darle consuelo? ¿Cómo prepararlo para el pavoroso instante?"

Hubiese querido, ella también, tomar aquella pobre cabeza entre sus manos, besarla y unirse al fugitivo espíritu que animaba en su cuerpo. Pero no existían las palabras directas, graves y verdaderas, sino apenas sustituciones espantosas mientras toda comunicación profunda entre sus dos ánimas se había roto ya.

—Descansa hoy, Rafael —dijo en un tono maternal y cargado de ternura—; no vayas al trabajo. Esas funciones tan pesadas terminarán por agotarte —lo dijo por decir. Otras eran las cosas que bullían dentro de ella. Pensaba en el tristísimo trabajo de su marido, como ejecutante en una miserable orquesta de cantina-restaurante, y en que, sin embargo, eso también iba a concluir. "Quédate a morir —hubiera dicho con todo su corazón—, te veo en el umbral de la muerte. Quédate a que te acompañemos hasta el último suspiro. A que recemos y lloremos por ti..."

Rafael clavó una mirada por fin alegre en su mujer, al grado que ésta experimentó una inquietud y un sobresalto angustiosos. "¿Podría entenderme —pensó Rafael— si le dijera lo que hoy ha ocurrido? ¿Si le dijera que he consumado la hazaña más grande que pueda imaginarse?"

Al formularse estas preguntas no pudo menos que reconstruir los extraordinarios momentos que vivió al ejecutar la fantástica sonata, un poco antes de que su mujer y sus hijos regresaran. Los trémolos, patéticos y graves, vibraban en el espacio con limpidez y diafanidad sin ejemplo, los acordes se sucedían en las más dichosas y transparentes combinaciones, los arpegios eran ágiles y llenos de juventud. Todo lo mejor de la tierra se daba cita en aquella música; las más bellas y fecundas ideas elevábanse del espíritu y el violín era como un instrumento mágico destinado a consumar las más altas comuniones.

"No puedo creerlo aún", se dijo mirándose las manos como si no le pertenecieran. Se sentía a cada instante más menudo, más humilde, más infinitamente menor dentro de la grandeza sin par de la vida. Quiso tranquilizar a su mujer al mirarla aprensiva e inquieta:

—Todo será nuevo —exclamó—, hermoso y nuevo para siempre.

—Es la maldita bebida —dijo la mujer por lo bajo mientras un terrible rictus le distorsionaba la cara alargándole uno de los ojos—. El maldito y aborrecible alcohol. Tarde o temprano iba a suceder esto...

Condujo entonces a Rafael, sin que éste, al contrario de lo que podría esperarse, protestara, al camastro que les servía de lecho.

Luego hizo que los niños, de rodillas, circundaran a su padre, y unos segundos después, dirigido por ella, se elevó un lúgubre coro de preces y jaculatorias por la eterna salvación del hombre que acababa de entregar el alma al Señor.

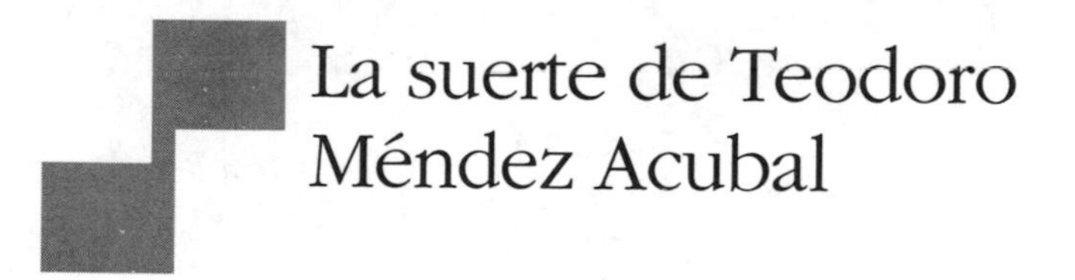

La suerte de Teodoro Méndez Acubal

Rosario Castellanos

Al caminar por las calles de Jobel (con los párpados bajos como correspondía a la humildad de su persona) Teodoro Méndez Acubal encontró una moneda. Semicubierta por las basuras del suelo, sucia de lodo, opaca por el uso, había pasado inadvertida para los *caxlanes*. Porque los *caxlanes* andan con la cabeza en alto. Por orgullo, avizorando desde lejos los importantes negocios que los reclaman.

Teodoro se detuvo, más por incredulidad que por codicia. Arrodillado, con el pretexto de asegurar las correas de uno de sus *caites*, esperó a que ninguno lo observase para recoger su hallazgo. Precipitadamente lo escondió entre las vueltas de su faja.

Volvió a ponerse de pie, tambaleante, pues lo había tomado una especie de mareo: flojedad en las coyunturas, sequedad en la boca, la visión turbia como si sus entrañas estuvieran latiendo enmedio de las cejas.

Dando tumbos de lado a lado, lo mismo que los ebrios, Teodoro echó a andar. En más de una ocasión los transeúntes lo empujaban para impedir que los atropellase. Pero el ánimo de Teodoro estaba excesivamente turbado como para cuidar de lo que sucedía en torno suyo. La moneda, oculta entre los pliegues del cinturón, lo había convertido en otro hombre. Un hombre más fuerte que antes, es verdad. Pero también más temeroso.

Se apartó un tanto de la vereda por la que regresaba a su paraje y se sentó sobre el tronco de un árbol. ¿Y si todo no hubiera sido más que un sueño? Pálido de ansiedad, Teodoro se llevó las manos al cinturón. Sí, allí estaba, dura, redonda, la moneda. Teodoro la desenvolvió, la humedeció con saliva y vaho, la frotó contra la tela de su ropa. Sobre el metal (plata debía de ser, a juzgar por su blancura) aparecieron las líneas de un perfil. Soberbio. Y alrededor letras, números, signos. Sopesándola, mordiéndola, haciéndola que tintinease, Teodoro pudo —al fin— calcular su valor.

De modo que ahora, por un golpe de suerte, se había vuelto rico. Más que si fuera dueño de un rebaño de ovejas, más que si poseyese una enorme extensión de milpas. Era tan rico como... como un *caxlán*. Y Teodoro se asombró de que el calor de su piel siguiera siendo el mismo.

Las imágenes de la gente de su familia (la mujer, los tres hijos, los padres ancianos) quisieron insinuarse en las ensoñaciones de Teodoro. Pero las desechó con un ademán de disgusto. No tenía por qué participar a nadie su hallazgo ni mucho menos compartirlo. Trabajaba para mantener la casa. Eso está bien, es costumbre, es obligación. Pero lo demás, lo de la suerte, era suyo. Exclusivamente suyo.

Así que cuando Teodoro llegó a su jacal y se sentó junto al rescoldo para comer, no dijo nada. Su silencio le producía vergüenza, como si callar fuera burlarse de los otros. Y como un castigo inmediato crecía, junto a la vergüenza, una sensación de soledad. Teodoro era un hombre aparte, amordazado por un secreto. Y se angustiaba con un malestar físico, un calambre en el estómago, un escalofrío en los tuétanos. ¿Por qué sufrir así? Era suficiente una palabra y aquel dolor se desvanecería. Para obligarse a no pronunciarla Teodoro palpó, a través del tejido del cinturón, el bulto que hacía el metal.

Durante la noche, desvelado, se dijo: ¿qué compraré? Porque jamás, hasta ahora, había deseado tener cosas. Estaba tan convencido de que no le pertenecían que pasaba junto a ellas sin curiosidad, sin avidez. Y ahora no iba a antojársele pensar en lo necesario, manta, machetes, sombreros. No. Eso se compra con lo que se gana. Pero Méndez Acubal no había ganado esta moneda. Era su suerte, era un regalo. Se la dieron para que jugara con ella, para que la perdiera, para que se proporcionara algo inútil y hermoso.

Teodoro no sabía nada acerca de precios. A partir de su siguiente viaje a Jobel empezó a fijarse en los tratos entre marchantes. Ambos parecían calmosos. Afectando uno, ya falta de interés, otro, ya deseo de complacencia, hablaban de reales, de tostones, de libras, de varas. De más cosas aún, que giraban vertiginosamente alrededor de la cabeza de Teodoro sin dejarse atrapar.

Fatigado, Teodoro no quiso seguir arguyendo más y se abandonó a una convicción deliciosa: la de que a cambio de la moneda de plata podía adquirir lo que quisiera.

Pasaron meses antes de que Méndez Acubal hubiese hecho su elección irrevocable. Era una figura de pasta, la estatuilla de una virgen. Fue también un hallazgo, porque la figura yacía entre el hacinamiento de objetos que decoraban el escaparate de una tienda. Desde esa ocasión Teodoro la rondaba como un enamorado. Pasaban horas y horas. Y siempre él, como un centinela, allí, junto a los vidrios.

Don Agustín Velasco, el comerciante, vigilaba con sus astutos y pequeños ojos (ojos de *marticuil*, como decía, entre mimos, su madre) desde el interior de la tienda.

Aun antes de que Teodoro adquiriese la costumbre de apostarse ante la fachada del establecimiento, sus facciones habían llamado la atención de don Agustín. A ningún ladino se le pierde la cara de un chamula cuando lo ha visto caminar sobre las aceras (reservadas para los *caxlanes*) y menos cuando camina con lentitud como quien va de paseo. No era usual que esto sucediese y don Agustín ni siquiera lo habría considerado posible. Pero ahora tuvo que admitir que las cosas podían llegar más lejos: que un indio era capaz de atreverse también a pararse ante una vitrina y contemplar lo que allí se exhibe no sólo con el aplomo del que sabe apreciar, sino con la suficiencia, un poco insolente, del comprador.

El flaco y amarillento rostro de don Agustín se arrugó en una mueca de desprecio. Que un indio adquiera en la Calle Real de Guadalupe velas para sus santos, aguardiente para sus fiestas, aperos para su trabajo, está bien. La gente que trafica con ellos no tiene sangre ni apellidos ilustres, no ha heredado fortunas y le corresponde ejercer un oficio vil. Que un indio entre en una botica para solicitar polvos de pezuña de la gran bestia, aceite guapo, unturas milagrosas, puede tolerarse. Al fin y al cabo los boticarios pertenecen a familias de medio pelo, que quisieran alzarse y alternar con las mejores y por eso es bueno que los indios los humillen frecuentando sus expendios.

Pero que un indio se vuelva de piedra frente a una joyería... Y no cualquier joyería, sino la de don Agustín Velasco, uno de los descendientes de los conquistadores, bien recibido en los mejores círculos, apreciado por sus colegas, era —por lo menos— inexplicable. A menos que...

Una sospecha comenzó a angustiarle. ¿Y si la audacia de este chamula se apoyaba en la fuerza de su tribu? No sería la primera vez, reconoció el comerciante con amargura. Rumores, ¿dónde había oído él rumores de sublevación? Rápidamente don Agustín repasó los sitios que había visitado durante los últimos días: el Palacio Episcopal, el Casino, la tertulia de doña Romelia Ochoa.

¡Qué estupidez! Don Agustín sonrió con una condescendiente burla de sí mismo. Cuánta razón tenía Su Ilustrísima, don Manuel Oropeza, cuando afirmaba que no hay pecado sin castigo. Y don Agustín, que no tenía afición por la copa ni por el tabaco, que había guardado rigurosamente la continencia, era esclavo de un vicio: la conversación.

Furtivo, acechaba los diálogos en los portales, en el mercado, en la misma Catedral. Don Agustín era el primero en enterarse de los chismes, en adivinar los escándalos y se desvivía por recibir confidencias, por ser depositario de secretos y servir intrigas. Y en las noches, después de la cena (el chocolate bien espeso con el que su madre lo premiaba de las fatigas y preocupaciones cotidianas), don Agustín asistía puntualmente a alguna pequeña reunión. Allí se charlaba, se contaban historias. De noviazgos, de pleitos por cuestiones de herencias, de súbitas e inexplicables fortunas, de duelos. Durante varias noches la plática había girado en torno de un tema: las sublevaciones de los indios. Todos los presentes habían sido testigos, víctimas, combatientes y vencedores de alguna. Recordaban detalles de los que habían sido protagonistas. Imágenes terribles que echaban a temblar a don Agustín: quince mil chamulas en pie de guerra, sitiando Ciudad Real. Las fincas saqueadas, los hombres asesinados, las mujeres (no, no, hay que ahuyentar estos malos pensamientos) las mujeres... en fin, violadas.

La victoria se inclinaba siempre del lado de los *caxlanes* (otra cosa hubiera sido inconcebible), pero a cambio de cuán enormes sacrificios, de qué cuantiosas pérdidas.

¿Sirve de algo la experiencia? A juzgar por ese indio parado ante el escaparate de su joyería, don Agustín decidió que no. Los habitantes de Ciudad Real, absortos en sus tareas de intereses cotidianos, olvidaban el pasado, que debía servirles de lección, y vivían como si no los amenazara ningún peligro. Don Agustín se horrorizó de tal inconciencia. La seguridad de su vida era tan frágil que había bastado la cara de un chamula, vista al través de un cristal, para hacerla añicos.

Don Agustín volvió a mirar a la calle con la inconfesada esperanza de que la figura de aquel indio ya no estuviera allí. Pero Méndez Acubal permanecía aún, inmóvil, atento.

Los transeúntes pasaban junto a él sin dar señales de alarma ni de extrañeza. Esto (y los rumores pacíficos que llegaban del fondo de la casa) devolvieron la tranquilidad a don Agustín. Ahora su espanto no encontraba justificación. Los sucesos de Cancuc, el asedio de Pedro Díaz

Cuscat a Jobel, las amenazas del Pajarito, no podían repetirse. Eran otros tiempos, más seguros para la gente decente.

Y además, ¿quién iba a proporcionar armas, quién iba a acaudillar a los rebeldes? El indio que estaba aquí, aplastando la nariz contra la vidriera de la joyería, estaba solo. Y si se sobrepasaba nadie más que los *coletos* tenían la culpa. Ninguno estaba obligado a respetarlos si ellos mismos no se daban a respetar. Don Agustín desaprobó la conducta de sus coterráneos como si hubiera sido traicionado por ellos.

—Dicen que algunos, muy pocos con el favor de Dios, llegan hasta el punto de dar la mano a los indios. ¡A los indios, una raza de ladrones!

El calificativo cobraba en la boca de don Agustín una peculiar fuerza injuriosa. No únicamente por el sentido de la propiedad, tan desarrollado en él como en cualquiera de su profesión, sino por una circunstancia especial.

Don Agustín no tenía la franqueza de admitirlo, pero lo atormentaba la sospecha de que era un inútil. Y lo que es peor aún, su madre se la confirmaba de muchas maneras. Su actitud ante este hijo único (hijo de Santa Ana, decía), nacido cuando ya era más un estorbo que un consuelo, era de cristiana resignación. El niño —su madre y las criadas seguían llamándolo así a pesar de que don Agustín había sobrepasado la cuarentena— era muy tímido, muy apocado, muy sin iniciativa. ¡Cuántas oportunidades de realizar buenos negocios se le habían ido de entre las manos! ¡Y cuántas, de las que él consideró como tales, no resultaron a la postre más que fracasos! La fortuna de los Velascos había venido mermando considerablemente desde que don Agustín llevaba las riendas de los asuntos. Y en cuanto al prestigio de la firma, se sostenía a duras penas, gracias al respeto que en todos logró infundir el difunto a quien madre e hijo guardaban todavía luto.

¿Pero qué podía esperarse de un apulismado, de un "niño viejo"? La madre de don Agustín movía la cabeza suspirando. Y redoblaba los halagos, las condescendencias, los mimos, pues éste era su modo de sentir desdén.

Por instinto, el comerciante supo que tenía frente a sí la ocasión de demostrar a los demás, a sí mismo, su valor. Su celo, su perspicacia, resultarían evidentes para todos. Y una simple palabra —ladrón— le había proporcionado la clave: el hombre que aplastaba su nariz contra el cristal de su joyería era un ladrón. No cabía duda. Por lo demás el caso era muy común. Don Agustín recordaba innumerables anécdotas de raterías y aun de hurtos mayores atribuidos a los indios.

Satisfecho de sus deducciones don Agustín no se conformó con apercibirse a la defensa. Su sentido de la solidaridad de raza, de clase y de profesión, le obligó a comunicar sus recelos a otros comerciantes y juntos ocurrieron a la policía. El vecindario estaba sobre aviso gracias a la diligencia de don Agustín.

Pero el suscitador de aquellas precauciones se perdió de vista durante algún tiempo. Al cabo de las semanas volvió a aparecer en el sitio de costumbre y en la misma actitud: haciendo guardia. Porque Teodoro no se atrevía a entrar. Ningún chamula había intentado nunca osadía semejante. Si él se arriesgase a ser el primero seguramente lo arrojarían a la calle antes de que uno de sus piojos ensuciara la habitación. Pero, poniéndose en la remota posibilidad de que no lo expulsasen, si le permitían permanecer en el interior de la tienda el tiempo suficiente para hablar, Teodoro no habría sabido exponer sus deseos. No entendía, no hablaba castilla. Para que se le destaparan las orejas, para que se le soltara la lengua, había estado bebiendo aceite guapo. El licor le había infundido una sensación de poder. La sangre corría, caliente y rápida, por sus venas. La facilidad movía sus músculos, dictaba sus acciones. Como en sueños traspasó el umbral de la joyería. Pero el frío y la humedad, el tufo de aire encerrado y quieto, le hicieron volver en sí con un sobresalto de terror. Desde un estuche lo fulminaba el ojo de un diamante.

—¿Qué se te ofrece, chamulita? ¿Qué se te ofrece?

Con las repeticiones don Agustín procuraba ganar tiempo. A tientas buscaba su pistola dentro del primer cajón del mostrador. El silencio del indio lo asustó más que ninguna amenaza. No se atrevía a alzar la vista hasta que tuvo el arma en la mano.

Encontró una mirada que lo paralizó. Una mirada de sorpresa, de reproche. ¿Por qué lo miraban así? Don Agustín no era culpable. Era un hombre honrado, nunca había hecho daño a nadie. ¡Y sería la primera víctima de estos indios que de pronto se habían constituido en jueces! Aquí estaba ya el verdugo, con el pie a punto de avanzar, con los dedos hurgando entre los pliegues del cinturón, prontos a extraer quién sabe qué instrumento de exterminio.

Don Agustín tenía empuñada la pistola, pero no era capaz de dispararla. Gritó pidiendo socorro a los gendarmes.

Cuando Teodoro quiso huir no pudo, porque el gentío se había aglomerado en las puertas de la tienda cortándole la retirada. Vociferaciones, gestos, rostros iracundos. Los gendarmes sacudían al indio, hacían preguntas, lo registraban. Cuando la moneda de plata apareció entre los pliegues de su faja, un alarido de triunfo enardecía a la multitud. Don Agustín hacía ademanes vehementes mostrando la moneda. Los gritos le hinchaban el cuello.

—¡Ladrón! ¡Ladrón!

Teodoro Méndez Acubal fue llevado a la cárcel. Como la acusación que pesaba sobre él era muy común, ninguno de los funcionarios se dio prisa por conocer su causa. El expediente se volvió amarillo en los estantes de la delegación.

Chac Mool

Carlos Fuentes

Hace poco tiempo, Filiberto murió ahogado en Acapulco. Sucedió en Semana Santa. Aunque despedido de su empleo en la Secretaría, Filiberto no pudo resistir la tentación burocrática de ir, como todos los años, a la pensión alemana, comer el *choucrout* endulzado por el sudor de la cocina tropical, bailar el sábado de gloria en La Quebrada, y sentirse "gente conocida" en el oscuro anonimato vespertino de la Playa de Hornos. Claro, sabíamos que en su juventud había nadado bien, pero ahora, a los cuarenta, y tan desmejorado como se le veía, ¡intentar salvar, y a medianoche, un trecho tan largo! Frau Müller no permitió que se velara —cliente tan antiguo— en la pensión; por el contrario, esa noche organizó un baile en la terracita sofocada, mientras Filiberto esperaba, muy pálido en su caja, a que saliera el camión matutino de la terminal, y pasó acompañado de huacales y fardos la primera noche de su nueva vida. Cuando llegué, temprano, a vigilar el embarque del féretro, Filiberto estaba bajo un túmulo de cocos; el chofer dijo que lo acomodáramos rápidamente en el toldo y lo cubriéramos de lonas, para que no se espantaran los pasajeros, y a ver si no le habíamos echado la sal al viaje.

Salimos de Acapulco, todavía en la brisa. Hasta Tierra Colorada nacieron el calor y la luz. Con el desayuno de huevos y chorizo, abrí el cartapacio de Filiberto, recogido el día anterior, junto con sus otras pertenencias, en la pensión de los Müller. Doscientos pesos. Un periódico viejo; cachos de la lotería; el pasaje de ida —¿sólo de ida?—. Y el cuaderno barato, de hojas cuadriculadas y tapas de papel mármol.

Me aventuré a leerlo, a pesar de las curvas, el hedor a vómito, y cierto sentimiento natural de respeto a la vida privada de mi difunto amigo. Recordaría —sí, empezaba con eso— nuestra cotidiana labor en la oficina; quizá, sabría por qué fue declinando, olvidando sus deberes, por qué dictaba oficios sin sentido, ni número, ni "Sufragio Efectivo". Por qué, en fin, fue corrido, olvidada la pensión, sin respetar los escalafones.

"Hoy fui a arreglar lo de mi pensión. El licenciado, amabilísimo. Salí tan contento que decidí gastar cinco pesos en un café. Es el mismo al que íbamos de jóvenes y al que ahora nunca concurro, porque me recuerda que a los veinte años podía darme más lujos que a los cuarenta.

Entonces todos estábamos en un mismo plano, hubiéramos rechazado con energía cualquier opinión peyorativa hacia los compañeros; de hecho librábamos la batalla por aquellos a quienes en la casa discutían la baja extracción o falta de elegancia. Yo sabía que muchos (quizá los más humildes) llegarían muy alto, y aquí, en la escuela, se iban a forjar las amistades duraderas en cuya compañía cursaríamos el mar bravío. No, no fue así. No hubo reglas. Muchos de los humildes quedaron allí, muchos llegaron más arriba de lo que pudimos pronosticar en aquellas fogosas, amables tertulias. Otros, que parecíamos prometerlo todo, quedamos a la mitad del camino, destripados en un examen extracurricular, aislados por una zanja invisible de los que triunfaron y de los que nada alcanzaron. En fin, hoy volví a sentarme en las sillas, modernizadas —también, como barricada de una invasión, la fuente de sodas—, y pretendí leer expedientes. Vi a muchos, cambiados, amnésicos, retocados de luz neón, prósperos. Con el café que casi no reconocía, con la ciudad misma, habían ido cincelándose a ritmo distinto del mío. No, ya no me reconocían, o no me querían reconocer. A lo sumo —uno o dos— una mano gorda y rápida en el hombro. Entre ellos y yo, mediaban los dieciocho agujeros del Country Club. Me disfracé en los expedientes. Desfilaron los años de las grandes ilusiones, de los pronósticos felices y también todas las omisiones que impidieron su realización. Sentí la angustia de no poder meter los dedos en el pasado y pegar los trozos de algún rompecabezas abandonado; pero el arcón de los juguetes se va olvidando, y al cabo, quién sabrá a dónde fueron a dar los soldados de plomo, los cascos, las espadas de madera. Los disfraces tan queridos, no fueron más que eso. Y sin embargo había habido constancia, disciplina, apego al deber. ¿No era suficiente, o sobraba? No dejaba, en ocasiones, de asaltarme el recuerdo de Rilke. La gran recompensa de la aventura de juventud debe ser la muerte; jóvenes, debemos partir con todos nuestros secretos. Hoy, no tendría que volver la vista a las ciudades de sal. ¿Cinco pesos? Dos de propina."

"Pepe, aparte de su pasión por el derecho mercantil, gusta de teorizar. Me vio salir de Catedral, y juntos nos encaminamos a Palacio. Él es descreído, pero no le basta: en media cuadra tuvo que fabricar una teoría. Que si no fuera mexicano, no adoraría a Cristo, y... —No, mira, parece evidente. Llegan los españoles y te proponen adores a un Dios, muerto hecho un coágulo, con el costado herido, clavado en una cruz. Sacrificado. Ofrendado. ¿Qué cosa más natural que aceptar un sentimiento tan cercano a todo tu ceremonial, a toda tu vida?... Figúrate, en cambio, que México hubiera sido conquistado por budistas o mahometanos. No es concebible que nuestros indios veneraran a un individuo que murió de indigestión. Pero un Dios al que no le basta que se sacrifiquen por él, sino que incluso va a que le arranquen el corazón, ¡caramba, jaque mate a Huitzilopochtli! El cristianismo, en su sentido cálido, sangriento, de sacrificio y liturgia, se vuelve una prolongación natural y novedosa de la religión indígena. Los aspectos de caridad, amor y la otra mejilla, en cambio, son rechazados. Y todo en México es eso: hay que matar a los hombres para poder creer en ellos.

"Pepe sabía mi afición, desde joven, por ciertas formas del arte indígena mexicano. Yo colecciono estatuillas, ídolos, cacharros. Mis fines de semana los paso en Tlaxcala, o en Teotihuacan. Acaso por esto le guste relacionar todas las teorías que elabora para mi consumo con estos temas. Por cierto que busco una réplica razonable del Chac Mool desde hace tiempo, y hoy Pepe me informa de un lugar en La Lagunilla donde venden uno de piedra, y parece que barato. Voy a ir el domingo.

"Un guasón pintó de rojo el agua del garrafón en la oficina, con la consiguiente perturbación de las labores. He debido consignarlo al director, a quien sólo le dio mucha risa. El culpable se ha valido de esta circunstancia para hacer sarcasmos a mis costillas el día entero, todos en torno al agua. ¡Ch...!"

"Hoy, domingo, aproveché para ir a La Lagunilla. Encontré el Chac Mool en la tienducha que me señaló Pepe. Es una pieza preciosa, de tamaño natural, y aunque el marchante asegura su originalidad, lo dudo. La piedra es corriente, pero ello no aminora la elegancia de la postura o lo macizo del bloque. El desleal vendedor le ha embarrado salsa de tomate en la barriga para convencer a los turistas de la autenticidad sangrienta de la escultura.

"El traslado a la casa me costó más que la adquisición. Pero ya está aquí, por el momento en el sótano mientras reorganizo mi cuarto de trofeos a fin de darle cabida. Estas figuras necesitan sol, vertical y fogoso; ése fue su elemento y condición. Pierde mucho en la oscuridad del sótano, como simple bulto agónico, y su mueca parece reprocharme que le niegue la luz. El comerciante tenía un foco exactamente vertical a la escultura, que recortaba todas las aristas, y le daba una expresión más amable a mi Chac Mool. Habrá que seguir su ejemplo."

"Amanecí con la tubería descompuesta. Incauto, dejé correr el agua de la cocina, y se desbordó, corrió por el suelo y llegó hasta el sótano, sin que me percatara. El Chac Mool resiste la humedad, pero mis maletas sufrieron; y todo esto, en día de labores, me ha obligado a llegar tarde a la oficina."

"Vinieron, por fin, a arreglar la tubería. Las maletas torcidas. Y el Chac Mool, con lama en la base."

"Desperté a la una: había escuchado un quejido terrible. Pensé en ladrones. Pura imaginación."

"Los lamentos nocturnos han seguido. No sé a qué atribuirlo, pero estoy nervioso. Para colmo de males, la tubería volvió a descomponerse y las lluvias se han colado, inundando el sótano."

"El plomero no viene, estoy desesperado. Del Departamento del Distrito Federal, más vale no hablar. Es la primera vez que el agua de las lluvias no obedece a las coladeras y viene a dar a mi sótano. Los quejidos han cesado: vaya una cosa por otra."

"Secaron el sótano, y el Chac Mool está cubierto de lama. Le da un aspecto grotesco, porque toda la masa de la escultura parece padecer de una erisipela verde, salvo los ojos, que han permanecido de piedra. Voy a aprovechar el domingo para raspar el musgo. Pepe me ha recomendado cambiarme a un apartamento, y en el último piso, para evitar estas tragedias acuáticas. Pero no puedo dejar este caserón, ciertamente muy grande para mí solo, un poco lúgubre en su arquitectura porfiriana, pero que es la única herencia y recuerdo de mis padres. No sé qué me daría ver una fuente de sodas con sinfonola en el sótano y una casa de decoración en la planta baja."

"Fui a raspar la lama del Chac Mool con una espátula. El musgo parecía ya parte de la piedra; fue labor de más de una hora, y sólo a las seis de la tarde pude terminar. No era posible distinguir en la penumbra, y al dar fin al trabajo, con la mano seguí los contornos de la piedra. Cada vez que repasaba el bloque parecía reblandecerse. No quise creerlo: era ya casi una pasta. Este mercader de La Lagunilla me ha timado. Su escultura precolombina es puro yeso, y la humedad acabará por arruinarla. Le he puesto encima unos trapos, y mañana la pasaré a la pieza de arriba, antes de que sufra un deterioro total."

"Los trapos están en el suelo. Increíble. Volví a palpar al Chac Mool. Se ha endurecido, pero no vuelve a la piedra. No quiero escribirlo: hay en el torso algo de la textura de la carne, lo aprieto como goma, siento que algo corre por esa figura recostada... Volví a bajar en la noche. No cabe duda: el Chac Mool tiene vello en los brazos."

"Esto nunca me había sucedido. Tergiversé los asuntos en la oficina: giré una orden de pago que no estaba autorizada, y el director tuvo que llamarme la atención. Quizá me mostré hasta descortés con los compañeros. Tendré que ver a un médico, saber si es imaginación, o delirio, o qué, y deshacerme de ese maldito Chac Mool."

Hasta aquí, la escritura de Filiberto era la vieja, la que tantas veces vi en memoranda y formas, ancha y ovalada. La entrada del 25 de agosto, parecía escrita por otra persona. A veces como niño, separando trabajosamente cada letra; otras, nerviosa, hasta diluirse en lo ininteligible. Hay tres días vacíos, y el relato continúa:

"Todo es tan natural; y luego, se cree en lo real... pero esto lo es, más que lo creído por mí. Si es real un garrafón, y más, porque nos damos mejor cuenta de su existencia, o estar, si pinta un bromista de rojo el agua... Real bocanada de cigarro efímera, real imagen monstruosa en un espejo de circo, reales, ¿no lo son todos los muertos, presentes y olvidados...? Si un hombre atravesara el Paraíso en un sueño, y le dieran una flor como prueba de que había estado allí, y si al despertar encontrara esa flor en su mano... ¿entonces, qué...? Realidad: cierto día la quebraron en mil pedazos, la cabeza fue a dar allá, la cola aquí, y nosotros no conocemos más que uno de los trozos desprendidos de su gran cuerpo. Océano libre y ficticio, sólo real cuando se le aprisiona en un caracol. Hasta hace tres días, mi realidad lo era al grado de haberse borrado hoy: era movimiento reflejo, rutina, memoria, cartapacio. Y luego, como la tierra que un día tiembla para que recordemos su poder, o la muerte que llegará, recriminando mi olvido de toda la vida, se presenta otra realidad que sabíamos estaba allí, mostrenca, y que debe sacudirnos para hacerse viva y presente. Creía, nuevamente, que era imaginación: el Chac Mool, blando y elegante, había cambiado de color en una noche; amarillo, casi dorado, parecía indicarme que era un Dios, por ahora laxo, con las rodillas menos tensas que antes, con la sonrisa más benévola. Y ayer, por fin, un despertar sobresaltado, con esa seguridad espantosa de que hay dos respiraciones en la noche, de que en la oscuridad laten más pulsos que el propio. Sí, se escuchaban pasos en la escalera. Pesadilla. Vuelta a dormir... No sé cuánto tiempo pretendí dormir. Cuando volví a abrir los ojos, aún no amanecía. El cuarto olía a horror, a incienso y sangre. Con la mirada negra, recorrí la recámara, hasta detenerme en dos orificios de luz parpadeante, en dos flámulas crueles y amarillas.

"Casi sin aliento encendí la luz.

"Allí estaba Chac Mool, erguido, sonriente, ocre, con su barriga encarnada. Me paralizaban los dos ojillos, casi bizcos, muy pegados a la nariz triangular. Los dientes inferiores, mordiendo el labio superior, inmóviles; sólo el brillo del casquetón cuadrado sobre la cabeza anormalmente voluminosa, delataba vida. Chac Mool avanzó hacia la cama; entonces empezó a llover."

Recuerdo que a fines de agosto, Filiberto fue despedido de la Secretaría, con una recriminación pública del director, y rumores de locura y aun robo. Esto no lo creía. Sí vi unos oficios descabellados, preguntando al Oficial Mayor si el agua podía olerse, ofreciendo sus servicios al Secretario de Recursos Hidráulicos para hacer llover en el desierto. No supe qué explicación darme; pensé que las lluvias excepcionalmente fuertes, de ese verano, lo habían crispado. O que alguna depresión moral debía producir la vida en aquel caserón antiguo, con la mitad de los cuartos bajo llave y empolvados, sin criados ni vida de familia. Los apuntes siguientes son de fines de septiembre:

"Chac Mool puede ser simpático cuando quiere... un glu-glu de agua embelesada... Sabe historias fantásticas sobre los monzones, las lluvias ecuatoriales, el castigo de los desiertos; cada planta arranca de su paternidad mítica: el sauce, su hija descarriada; los lotos, sus mimados; su suegra: el cacto. Lo que no puedo tolerar es el olor, extrahumano, que emana de esa carne que no lo es, de las chanclas flamantes de ancianidad. Con risa estridente, el Chac Mool revela cómo fue descubierto por Le Plongeon, y puesto físicamente en contacto con hombres de otros símbolos. Su espíritu ha vivido en el cántaro y la tempestad, natural; otra cosa es su piedra, y haberla arrancado al escondite es artificial y cruel. Creo que nunca lo perdonará el Chac Mool. Él sabe de la inminencia del hecho estético.

"He debido proporcionarle sapolio para que se lave el estómago que el mercader le untó de *catsup* al creerlo azteca. No pareció gustarle mi pregunta sobre su parentesco con Tláloc, y, cuando se enoja, sus dientes, de por sí repulsivos, se afilan y brillan. Los primeros días, bajó a dormir al sótano; desde ayer, en mi cama."

"Ha empezado la temporada seca. Ayer, desde la sala en la que duermo ahora, comencé a oír los mismos lamentos roncos del principio, seguidos de ruidos terribles. Subí y entreabrí la puerta de la recámara: el Chac Mool estaba rompiendo las lámparas, los muebles; saltó hacia la puerta con las manos arañadas, y apenas pude cerrar e irme a esconder al baño... Luego, bajó jadeante y pidió agua; todo el día tiene corriendo las llaves, no queda un centímetro seco en la casa. Tengo que dormir muy abrigado, y le he pedido no empapar la sala más."*

"El Chac Mool inundó hoy la sala. Exasperado, dije que lo iba a devolver a La Lagunilla. Tan terrible como su risilla —horrorosamente distinta a cualquier risa de hombre o animal— fue la bofetada que me dio, con ese brazo cargado de brazaletes pesados. Debo reconocerlo: soy su prisionero. Mi idea original era distinta: yo dominaría al Chac Mool, como se domina a un juguete; era, acaso, una prolongación de mi seguridad infantil; pero la niñez —¿quién lo dijo?— es fruto comido por los años, y yo no me he dado cuenta... Ha tomado mi ropa, y se pone las batas cuando empieza a brotarle musgo verde. El Chac Mool está acostumbrado a que se le obedezca, por siempre; yo, que nunca he debido mandar, sólo puedo doblegarme. Mientras no llueva —¿y su poder mágico?— vivirá colérico o irritable."

"Hoy descubrí que en las noches el Chac Mool sale de la casa. Siempre, al oscurecer, canta una canción chirriona y anciana, más vieja que el canto mismo. Luego cesa. Toqué varias veces a

---

* Filiberto no explica en qué lengua se entendía con el Chac Mool.

su puerta, y cuando no me contestó, me atreví a entrar. La recámara, que no había vuelto a ver desde el día en que intentó atacarme la estatua, está en ruinas, y allí se concentra ese olor a incienso y sangre que ha permeado la casa. Pero detrás de la puerta hay huesos: huesos de perros, de ratones y gatos. Esto es lo que roba en la noche el Chac Mool para sustentarse. Esto explica los ladridos espantosos de todas las madrugadas."

"Febrero, seco. Chac Mool vigila cada paso mío; ha hecho que telefonee a una fonda para que me traigan diariamente arroz con pollo. Pero lo sustraído de la oficina ya se va a acabar. Sucedió lo inevitable: desde el día primero, cortaron el agua y la luz por falta de pago. Pero Chac ha descubierto una fuente pública a dos cuadras de aquí; todos los días hago diez o doce viajes por agua, y él me observa desde la azotea. Dice que si intento huir, me fulminará; también es Dios del Rayo. Lo que él no sabe es que estoy al tanto de sus correrías nocturnas... Como no hay luz, debo acostarme a las ocho. Ya debería estar acostumbrado al Chac Mool, pero hace poco, en la oscuridad, me topé con él en la escalera, sentí sus brazos helados, las escamas de su piel renovada, y quise gritar.

"Si no llueve pronto, el Chac Mool va a convertirse en piedra otra vez. He notado su dificultad reciente para moverse; a veces se reclina durante horas, paralizado, y parece ser, de nuevo, un ídolo. Pero estos reposos sólo le dan nuevas fuerzas para vejarme, arañarme, como si pudiera arrancar algún líquido de mi carne. Ya no tienen lugar aquellos intermedios amables en que relataba viejos cuentos; creo notar un resentimiento concentrado. Ha habido otros indicios que me han puesto a pensar: se está acabando mi bodega; acaricia la seda de las batas; quiere que traiga una criada a la casa; me ha hecho enseñarle a usar jabón y lociones. Creo que el Chac Mool está cayendo en tentaciones humanas; incluso hay algo viejo en su cara que antes parecía eterna. Aquí puede estar mi salvación: si el Chac se humaniza, posiblemente todos sus siglos de vida se acumulen en un instante y caiga fulminado. Pero también, aquí puede germinar mi muerte: el Chac no querrá que asista a su derrumbe, es posible que desee matarme.

"Hoy aprovecharé la excursión nocturna de Chac para huir. Me iré a Acapulco; veremos qué puede hacerse para adquirir trabajo, y esperar la muerte de Chac Mool: sí, se avecina, está canoso, abotagado. Necesito asolearme, nadar, recuperar fuerza. Me quedan cuatrocientos pesos. Iré a la Pensión Müller, que es barata y cómoda. Que se adueñe de todo el Chac Mool: a ver cuánto dura sin mis baldes de agua."

Aquí termina el diario de Filiberto. No quise volver a pensar en su relato; dormí hasta Cuernavaca. De ahí a México pretendí dar coherencia al escrito, relacionarlo con exceso de trabajo, con algún motivo psicológico. Cuando a las nueve de la noche llegamos a la terminal, aún no podía concebir la locura de mi amigo. Contraté una camioneta para llevar el féretro a casa de Filiberto y desde allí ordenar su entierro.

Antes de que pudiera introducir la llave en la cerradura, la puerta se abrió. Apareció un indio amarillo, en bata de casa, con bufanda. Su aspecto no podía ser más repulsivo; despedía un olor a loción barata; su cara, polveada, quería cubrir las arrugas; tenía la boca embarrada de lápiz labial mal aplicado, y el pelo daba la impresión de estar teñido.

—Perdone... no sabía que Filiberto hubiera...

—No importa; lo sé todo. Dígale a los hombres que lleven el cadáver al sótano.

Amelia Otero

Sergio Pitol

Para Marta Gamba

—...Deberías verla ahora, ¡ay, Cata, sencillamente le deshace a uno el corazón! Sabrás que la pobre se mantiene dando clases de música; y eso, ahora que ni pianos quedan en este miserable pueblo, significa medio morirse de hambre. ¿Recuerdas el suyo? Lo habían traído de Viena, o de París, qué sé yo. ¿Te acuerdas de su pequeño paraíso? Arañas de Murano, alfombras persas, mantelería de Brujas, chucherías del mundo entero para realzar los muebles que los Otero conservaban desde la fundación de San Rafael. Pues todo eso, Catalina, todo, no existe ya sino en la memoria. La inocente ha tenido que ir desprendiéndose de una pieza tras otra hasta quedarse al fin, como el arriero del cuento, con las manos vacías. Entras en esa casa que tú y yo y todos sabemos lo que fue y no resistes las ganas de echarte a llorar. Sólo cuando la vean esos ojos que se comerá la tierra te convencerás de que no exagero. Y mira que ni para ayudarla, porque eso sería concederle el mismo derecho a todos los que un día fueron algo y hoy viven de milagro, sin un centavo en la bolsa, sin un mendrugo que llevarse a la boca. De cuando en cuando, eso sí, me la traigo a comer; no con la frecuencia que me gustaría, porque bien conocemos la inmisericordia que muestran los hombres ante estas situaciones; Cosme es de los que difícilmente olvidan, y aunque por lo general guarda silencio, cuando el tema sale a la luz puedo advertir que le hiere mi amistad con mujeres que, como ella, hicieron de su vida un homenaje decidido al diablo. No le quepa duda, joven, la vida es cruel. ¡Horriblemente cruel! Me imagino que ya por Catalina sabrá cómo se vivía hace cuarenta años en este San Rafael que ahora no podrá sino parecerle un pueblucho. Eso es lo que es, una aldea de medio pelo, una ranchería arruinada. Nos cabe el orgullo de decir que nuestros tiempos fueron verdaderamente tiempos. ¿Recuerdas las noches de teatro? Mire, joven, desde aquí, por la ventana, puede ver la esquina donde se levantaba el teatro Díaz. Ahí mismo donde los Alarcón, gente de fuera, construyen una tienda de artículos eléctricos. Cada familia tenía un palco. La concurrencia era un espectáculo. Los caballeros de oscuro y nosotras de gala: plumas en los sombreros, en los abrigos, en las capas de colas soberbias, ¡y qué joyas! Me acuerdo de una salida de teatro de terciopelo negro con dos hilos de perlas falsas bordados desde el cuello hasta el dobladillo. ¡Corazón, lo que te envidié esa capa!

Mas se dejó llegar la Revolución, y, ¿no bien digo que la vida es cruel?, aquel esplendor que tanto nos confortaba fue cruelmente abajado y San Rafael quedó sumido en la más apabullante de las miserias. ¡Villa Muerta debió haberse llamado desde entonces! La mayor parte de la gente acomodada salió, como ustedes, hacia la capital en busca de garantías y si se les volvió a ver por estos rumbos fue sólo como turistas; quienes nos quedamos lo perdimos todo, o casi todo, a manos de los bandoleros; hordas hirsutas y salvajes que al grito de ¡Viva mi general Fulano!, o al de ¡Mueran los hombres de Perengano! irrumpieron de pronto por las calles. Escapada del monte, vomitada por la llanura, ¡sepa Dios de dónde habrá salido esa turba infame...!, lo cierto es que un día la tuvimos aquí, adentrándose violentamente en las casas, para acarrear con todo lo que les cabía en las ajorcas; acusaron al mundo entero de ser federal, saquearon el banco y las tiendas. Se volvieron los amos. Con la primera incursión de los rebeldes se inició la agonía de San Rafael, y fue entonces cuando la pobre Amelia se dejó tentar por el demonio. Te diré que yo tardé algún tiempo en darme cuenta cabal de lo que ocurría; aunque ya estaba casada, ciertos temas, por pudor, por delicadeza, no se ventilaban delante de una con la desvergüenza de hoy, sino que se quedaban en la pura penumbra. Aquí y allá fui observando y escuchando cosas, de tal manera que cuando le abrieron proceso y fue a dar a la cárcel con sus huesos y sus humos de emperatriz destronada, ya no me sorprendí, casi me lo esperaba. ¡Parece que la veo!, ¡cómo si fuera ayer! Pasó frente a esta ventana; yo tenía a Martita de meses y me causó tal impresión que por varios días no pude darle el pecho. Caminaba erguida, vestida creo que de morado, muy hermosa. A pesar de que aquellos léperos la llevaban sujeta de las muñecas caminaba con la cabeza en alto, sin desviar la mirada, sin saludar a nadie, como si en el mundo existieran sólo las puertas de la cárcel y su única preocupación fuera alcanzarlas. Sólo mi comadre Merced Rioja se atrevió a desafiar, no a los esbirros que la conducían, que eso, dado sus arrestos, no le hubiera extrañado a nadie, sino a la opinión pública, pues si bien es cierto que con el tiempo todas fuimos volviendo a tratarla (no crean, se necesitaría tener el corazón muy de piedra para no compadecerse), en aquella época, los hechos tan recientes, y siendo, para bien o para mal, tan rígida nuestra conducta, resultaba espantoso que alguien se atreviera a acercársele y a dirigirle la palabra; cuando mi comadre Merced se dio cuenta de que la llevaban detenida se enfrentó al grupo y sin inmutarse por la mala catadura de aquellos desalmados le dijo que no se preocupara por sus hijos, que ella los llevaría a su casa y velaría por ellos el tiempo que fuera necesario. Su gestión resultó en vano, ya que un sobrino de Concha Ramírez se había ingeniado para llevarlos esa mañana al escondite de Julián, y éste desapareció para siempre con ellos; unos dicen que salieron rumbo a los Estados Unidos, otros que a Europa; hasta hay quienes sostienen que están viviendo en Mazatlán, lo cierto es que no volvió a enterarse del paradero del marido ni de los hijos; pero ve tú a indagar qué sabe y qué no sabe; con ella nunca se ha podido poner nada en claro, o, al menos, no tan en claro como teníamos derecho a esperar. De nosotras no se podrá quejar, si lo hace sería por pura ingratitud; la hemos tratado como a una hermana, nos hemos apiadado de sus pesares, la ayudamos hasta donde nuestros recursos nos lo permiten; hemos optado por perdonar y olvidar al ver lo caro que le resultó el pago; y así y todo, ¿creerás que nos trata con tales reservas que nadie hasta la fecha ha logrado enterarse de nada? ¿Dime si esa falta de confianza no ha de ofenderme? Pues bien, decía que del marido y de los hijos no volvimos a tener noticias, sólo que hace cosa de diez años, cuando Rosa Guízar trabajaba aún en el correo, tuvo en sus manos un sobre dirigido a Amelia, enviado del extranjero, y allí bien claro, la letra de Julián. Debió de haberlo abierto, debió de haber leído la carta; en ese caso no hubiera sido delito. No venía de los Estados Unidos, de eso Rosa estaba bien segura, pues conocía de sobra las estampillas. En aquel maldito sobre no constaba ni nombre ni remitente, ni dirección, ni nada. Rosa nos dijo cuál era la palabra impresa en la estampilla y Osorio, el boticario, la anotó para buscarla en su Atlas Geográfico; pero has de creer que el estúpido perdió el apunte y como las desgracias nunca vienen solas a la pobre Rosita le atacó la embolia una de esas noches y ya no hubo posibilidad de sacarle una palabra ni de hacerle escribir una sola letra. Lo único que supimos fue que aquella carta, fuese de Julián o de quien fuera, perturbó terriblemente a Amelia; volvió a cerrar su casa a piedra y lodo y durante días no se le vio salir a la calle. Era Concha Ramírez la que iba al mercado y a avisar a las alumnas que la señora no podía atender en esos días las clases de piano, porque el reuma, ¡su socorrido reuma!, la había atacado con inusitada violencia y el menor movimiento le causaba dolores atroces; luego, cuando al fin se decidió a aparecer, estaba deshecha; en menos de una semana había envejecido siglos, y cuenta Julita Argüelles que mientras le daba la clase se le escaparon algunas lágrimas, ¡vaya uno a saber si fue cierto!, pues nadie, al menos nadie digno de crédito, ha visto llorar a Amelia Otero.

Pero veo que te canso, Catalina, y a tu nieto estas historias le deben tener muy sin cuidado; qué quieres, a nosotras ya no nos pertenecen sino los recuerdos. Es tanto lo que uno ha visto, joven, y todo tan perverso, tan abrumadoramente triste, que tenemos que airearlo a la menor oportunidad para no enloquecer, para que el corazón no nos reviente de pronto.

El día anterior a nuestro regreso a México, vagabundeando por las calles del pueblo, pasé frente a la casa de doña Carlota y se me ocurrió entrar a despedirme. Al poco rato la veía yo, divertido, ingeniárselas para enhebrar el hilo de su historia favorita:

—...Hacia 1910, San Rafael podía haberse erigido en un símbolo de paz y tranquilidad. La vida se deslizaba por cursos apacibles, sin angustias, sin sobresaltos de ninguna especie; las únicas penas las producían las defunciones, o el hecho de que la cosecha de café fuera pobre o no alcanzara un buen precio. No creo que usted, que seguramente ha aniquilado su juventud en un estúpido salón de cine, pueda hacerse cargo de la situación. Seguramente ha de parecerle tediosa e insípida la existencia que entonces cultivábamos, pero créalo, no necesitábamos más: paseos por el campo, tertulias en las casas, fines de semana en las haciendas de los alrededores; cuando nos visitaba una compañía dramática, San Rafael creía conocer la gloria; éramos tan aficionados a las tablas que hasta llegamos a patrocinar una que otra temporada de ópera. Era una vida tersa y armoniosa, y Amelia, la luciérnaga que imprimía luz a nuestros esparcimientos. Lo que más disfrutábamos eran las funciones de aficionados, no tanto por las representaciones sino por la diversión diaria que nos proporcionaban los ensayos. Durante las noches de verano su casa se mantenía animada por nuestro entusiasmo; después del ensayo se servía la cena y unas copas de aguardiente y de buen vino; a veces hasta se organizaba baile. Todo el mundo, actuara o no, acudía esas noches a su casa. Su abuela y yo aparecimos en los coros de *La mas-*

carada. ¡No sabe qué vestuario! Estaba aquí de vacaciones el licenciado Galván y comentó que nunca había visto un espectáculo de aficionados montado con tan buen gusto como aquella *Mascarada* que representamos un sábado de gloria en el teatro Díaz. Como le he dicho, las noches previas a la función tenían mucho encanto: en el salón grande, con Santitos Gaspar al piano, cantábamos los jóvenes; en la sala de junto los señores mayores jugaban a las cartas o al dominó y discutían sobre la situación política que empezaba a enturbiar los ánimos, mientras que, refugiadas en el comedor, las viejas no hacían sino comer a pasto y beber rompope y criticar a todo el mundo. No había hecho que en San Rafael pasara inadvertido por la torva mirada de aquella secta de momias; casi todas pasaban de los setenta: había nietas de los fundadores del pueblo. Aquellas once o doce ancianas conocían no sólo el más ligero desliz que alguna persona hubiera cometido, sino, lo que era muchísimo peor, podían predecir el futuro con impresionante certidumbre; por eso se les temía y respetaba como a vetustos e infalibles oráculos. Aquel grupo de viejas comenzó a esparcir el rumor de que ni Amelia ni Julián eran felices, que su matrimonio era un fracaso, que el hastío incubaba resentimientos entre ellos, a lo que todas respondíamos que era mentira, que su casa era la más alegre de la ciudad; pero cuando le expuse ese argumento a doña Victoria Fraga me respondió que eso era precisamente lo que la hacía sospechar que las cosas iban a acabar mal, pues si el matrimonio estuviera unido los cónyuges no necesitarían buscar oportunidades para no quedarse a solas, para estar aturdiéndose a toda hora, con gente, comidas, paseos y ensayos. "Acuérdate de mis palabras —añadió—, nuestra encantadora Amelia no tarda en dar un traspié." Quedé anonadada, pues, como le repito, cuando aquellas ancianas dirigidas y exacerbadas por los malísimos humores de Victoria Fraga, se decidían a lanzar el anzuelo, era porque estaban seguras de la pesca. Y me dolió, porque yo, la verdad, en aquel entonces quería mucho a Amelia. Le dije a doña Victoria que esa vez se equivocaba, que le tenía mala voluntad por venir de la capital, por disfrutar de la vida. Era tal mi furia que me atreví a decirle que hablaba de ese modo por envidia, ya que Amelia era joven y elegante y, sobre todo, porque se había casado con Julián a quien desde muchacho le había echado el ojo para casarlo con una de esas gurbias abominables que tenía por nietas. La escena me dejó muy lastimada y contrita, y las noches siguientes las dediqué a observar detenidamente al matrimonio. ¡Era verdad! Una cortina de hielo se les había interpuesto; procuraban mantener entre ellos la mayor distancia posible. Si riñeran, decía yo para mis adentros, si se reclamaran cara a cara de todo lo que se les está incubando, las cosas cambiarían. Pero nunca riñeron, y así les fue... Poco después del estreno de *La mascarada* fuimos a Xalapa a que operaran a Cosme. Y de ahí yo seguí con mi suegra a México con intención de pasar una temporada con Maruja, la menor de mis cuñadas, lo que ya no fue posible, pues a las pocas semanas la situación se volvió muy difícil: no se oía hablar sino de levantamientos y de que del norte bajaba la Revolución. Antes de que cortaran los caminos decidimos volver a San Rafael, y no teníamos ni una semana de haber llegado cuando los rebeldes asaltaron la población. Julián Otero tuvo que salir, igual que varios otros señores de la localidad, entre ellos mi marido, a esconderse en los alrededores. Me parece que fue en un rancho de Matalarga donde pasó esos meses. Amelia se quedó sola con sus hijos. Mamá, siempre al pendiente de todo, fue a ofrecerle nuestra casa; pensó que era peligroso que una mujer viviera, en días tan turbulentos, sin un hombre que velara por su seguridad; pero ella se negó a aceptar todas las invitaciones que a ese respecto le hicieron. Era como si presintiera su llegada. Lo más posible es que ya estuviera enterada. Me acuerdo que al día siguiente de la toma de San Rafael fuimos a visitarla, se mostró más bien alegre, voluble y excitada. Se ha de imaginar el sorpresón que nos llevamos cuando nos dijo que en México había tratado con algunos revolucionarios y que no había por qué alarmarse, que tan pronto como terminaran las escenas inevitables de violencia tendríamos la oportunidad de conocer una vida mejor. Salimos de allí con el ánimo muy perturbado. De repente nos enterábamos de que una a quien siempre habíamos considerado de las nuestras, pertenecía al bando que obligaba a nuestros maridos a vivir escondidos en algún rancho de mala muerte, disfrazados de peones, medrosos y humillados. A los pocos días de la rendición del pueblo llegó una nueva fracción del ejército; cerca de mil fulanos: muerte y destrucción era su sino: ejecuciones en las haciendas, en los caminos, en los solares mismos de las casas, saqueos, raptos, vejaciones. Nunca me cansaré de reprocharle a Cosme el que no hubiéramos salido entonces de San Rafael, como hizo su familia y tantas otras. ¡La de sufrimientos que nos hubiésemos ahorrado! Los rebeldes, apenas llegados, comenzaron a repartirse en las casas. Piénselo, joven, mil gentes más que hubo que alimentar. A casa de los Otero, por ser una de las mejores, llegó a hospedarse el alto mando: el general Rubio con sus ayudantes. Los recibimos a la fuerza, haciéndoles notar lo poco que nos complacía ser sus anfitriones. ¡Qué días! Nos hacían comer en la cocina, servirles la mesa, hacerles las camas; de mil y una abyecciones fuimos objeto en esos días. ¡A Amelia, en cambio...! Rubio daba la impresión de ser un muchacho decente injertado en la bola; a leguas se le notaba la diferencia con la chusma que lo rodeaba. Desde el primer momento la trató con atenciones. No la obligó a cederle, pistola en mano, su casa, como lo hicieron con nosotros los matarifes que nos tocó alojar, sino que fue a solicitar albergue para él y sus hombres durante el tiempo que permanecieran en San Rafael; no vaya a creer que cedió de inmediato, por el contrario, la muy ladina replicó al general que estando su marido en la capital le parecía contrario al decoro alojar a un grupo de militares; el hombre no cejó, siguió insistiendo con aplomo hasta que Amelia no tuvo más remedio que dejarlos pasar. Ya en ese primer encuentro, si uno lo piensa bien, se podía descubrir algo anómalo, un tono de comedia bien ensayada en la solicitud y en las negativas, en las súplicas y en la aceptación final, un aire de galanteo, tanto que a mí me latió que Amelia y Rubio se conocían desde antes, desde sus tiempos de soltera en la capital. Pasaron varios días durante los cuales nadie se preocupó más que de salvar el pellejo y las pertenencias, lo que día a día se fue haciendo más problemático, pues en cada casa había por lo menos cinco matarifes que todo lo acechaban, todo lo veían, ¡malditos mil veces los muy hijos de perra!, y a todo el mundo trataban de comprometer. Durante esos primeros días, Amelia permaneció encerrada todo el tiempo. Como no podíamos recibir en nuestros hogares por estar constantemente vigilados, tomamos la costumbre de reunirnos por la tarde en la alameda y tratar ahí nuestros asuntos, consolarnos por nuestros cotidianos pesares, cambiar impresiones y ayudarnos en todo lo posible. Amelia no asistía y cuando íbamos a buscarla pretextaba un terrible dolor de cabeza, reuma cerebral nos decía a las cándidas, pues ya sea en los pies, en los brazos o en el cerebro, siempre se ha refugiado en el reuma para evitar explicaciones. Creíamos que realmente estaba enferma y que sus dolores debían ser producidos por la zozobra que a una mujer sola le produciría tener alojada en su casa a una banda de forajidos. ¡Qué lejos estábamos de imaginar que el desagrado se lo causaban nuestras visitas y que en aquel cabecilla tenía para su consumo un hombre de placer! Tampoco hay que juzgarla del todo peor, muchachito: el general no era un cualquiera; no era, ¡ay no!, como aquellos indios cerreros que vivían en esta casa. Rubio era un señor. Con decirle, que anciana como soy y pudiendo, por lo mismo, ver las cosas en perspectiva y no espantarme de nada, creo que yo y mis hermanas, y las Mendoza, y las muchachas García Rebolledo y todas, aunque no nos lo confesáramos ni a nosotras mismas, andábamos de cabeza por él; si una noche hubiera llegado a mi casa para decirme: "Ándele, güera, vaya empacando sus trapos que ahí afuera nos espera el caballo para jalar al monte, ándele, ándele", o cualquier ordinariez por el estilo, me habría ido con él, con todo y el respeto que guardé siempre a mis padres, y el que le he tenido a Cosme, y el que he guardado toda la vida a mi honra y buen nombre, me habría ido con él, habría sido su soldadera, su puerca, su escopeta, y aunque a los pocos días me hubiera abandonado me habría sentido colmada, porque era un ángel, un sol, una profundidad, un demonio; nunca vi, ni antes ni después, otro hombre que se le pareciera; era un ángel con cara de Caín. Lo odiábamos por lo que representaba, pero no podíamos dejar de advertir que sus ojos eran los de un iluminado. A las pocas semanas no se preocupaban en tener el menor recato; hacían frecuentes paseos, por lo general al campo; no nos cansábamos de admirar su frescura y desvergüenza cuando los encontrábamos caminando por los alrededores. Las cosas llegaron a tal extremo de impudicia que doña Victoria Fraga, asistida por el consenso público, fue a hablarle y a exigirle que modificaran su conducta. Amelia no se inmutó; salió con la nueva de que el general Rubio y ella eran amigos de infancia, que hasta los unía un lejano parentesco —se parecían, eso es cierto, se parecían muchísimo— y que por lo tanto no tenía que moderar ninguna conducta; sus actos eran los de una vieja amiga, prima además, y que como el general se encontraba desamparado, así dijo, ¿lo puede usted creer?, ¡desamparado!, en un pueblo tan oscuro y de gente tan aburrida, se sentía en la obligación de hacerle lo más grata que fuera posible su estancia. Doña Victoria le respondió que se alegraba muchísimo, que perdonara su error, y ya que el general era su primo, Julián no tendría problemas para volver a casa. Amelia la dejó casi con la palabra en la boca, comenzó a quejarse de su bendito reuma y de los dolores que le ocasionaba, y lo necesario que le era el reposo. No obstante que la época nos había acostumbrado a que cualquier cosa nueva tenía por fuerza que ser terrible, nadie se esperaba un desenlace tan estrambótico y siniestro. Cuando Madero llegó a la presidencia, Rubio fue nombrado jefe militar de la zona; luego, la verdad es que no me explico qué ocurrió, estos rebeldes y los maderistas entraron en pugna, no lo sé bien, no me interesa, lo cierto es que se hizo público que Rubio había sido desconocido en su cargo y que las fuerzas gubernamentales tomarían la población. Otra vez la zozobra, otra vez el miedo al imaginar que nuestras calles, nuestras casas, serían el escenario en que habían de desarrollarse los combates, hasta que nos enteramos que Rubio no opondría resistencia a las tropas del gobierno, que evacuaría San Rafael por la paz. Se decía que Amelia saldría con él, que dejaría para siempre casa, marido e hijos. Y así fue. La madrugada en que salió la tropa, la Otero abandonó San Rafael. Pero a los tres días, para nuestro asombro, regresaron ambos; a llevarse algo, pensamos, seguramente dinero, o las joyas de Amelia, o a volver a ver a los niños. Fue un anochecer. Dejaron los caballos en la alameda, caminaron a lo largo de la calle mayor, iban como perturbados, como ebrios, uno al lado del otro sin siquiera tomarse la mano. Todos pudimos verlos; las calles bullían de gente que comentaba la situación en que nos encontrábamos; se iban unos, pero estaban otros por llegar cuya crueldad nadie conocía. Amelia y Rubio caminaron sin vernos, sin reconocernos, agobiados, hasta llegar al parque donde él se desplomó en una banca, como si ya no pudiera más, pero ¿por qué?, ¿qué había pasado?

Ni en el cine he visto una escena como aquélla: Rubio sentado en la banca con la cara entre las manos, ella, de pie, demacrada, martirizada, perdida. Unos minutos después lo tomó de la mano como a un niño, como a un hermano pequeño, y siguieron caminando hasta llegar a su casa. En esos momentos no estaba sino Concha; ella es la única que podría dar un testimonio veraz de la tragedia, aunque como le he dicho, joven, jamás se le ha podido sacar una palabra; es terca como una mula y no sabe sino responder que no oyó ni vio ni supo nada; que lo que allí pasó a ella no le importa, ni a nadie. Cuando se oyeron los disparos nadie les dio importancia, en aquel entonces los balazos eran el pan nuestro de cada día. A la mañana siguiente, Concha salió a comprar el ataúd. Todo el mundo estaba consternado y sin saber a ciencia cierta cómo proceder, pues hasta que no llegaran los destacamentos maderistas pasamos por momentos rarísimos, sin autoridades, sin tribunales, sin gendarmería siquiera, así que lo único que nos cupo fue dejarnos invadir por el horror y esperar las aclaraciones que jamás se nos dieron. Esa misma tarde, sin autopsia, sin que nadie tratara de impedirlo, el general Rubio fue sepultado. A las toscas manos de Concha correspondió el honor de echar el último puñado de tierra al hombre que convirtió a nuestra Amelia en una adúltera y una criminal. No salió de su casa sino hasta muchos días después, cuando las nuevas autoridades ordenaron su aprehensión. Para nuestra desdicha no pudimos sacar nada en claro. El proceso fue secretísimo y parece que nada quedó apuntado. El licenciado Bustamante, que venía con los maderistas, le dijo un día a mi cuñado Laureano que aquél era el caso más interesante que había juzgado en su vida. "Un viento de tragedia griega —dijo muy pomposamente— ha soplado en el caso de Xavier Rubio y Amelia Otero." Declaró que los había conocido antes en México cuando niños, y que ya entonces había presentido el final. Eso fue todo lo que recabamos de aquel proceso que la llevó quince días a la cárcel para resultar absuelta: que un viento de tragedia griega había soplado en sus vidas, ¡hágame usted el favor! Y si salió libre, ¿qué debíamos suponer?, ¿que fue un suicidio? ¿Y entonces por qué ni ella ni Concha lo dicen? Al salir de la cárcel se encontró sin marido y sin hijos; doña Merced le entregó un sobre abierto en el que Julián le dejaba las escrituras de la casa y de unas fincas que tenía aquí cerca, por el rumbo de La Cuchilla. Las demás propiedades las malvendió Julián a don Cruz Vega. Amelia llegó a su casa, tapió puertas y ventanas y durante muchos, muchísimos años, permaneció oculta. Nada sabíamos de ella; yo, fantasiosa como soy, llegué a temer que hubiera muerto y que Concha nos ocultara la noticia; hasta que un día, unos quince años después, ante el asombro general, sus ventanas se abrieron, y a los pocos días la teníamos nuevamente por las calles. Era como un espectro que nos recordara una época que todos queríamos olvidar. Era traernos nuevamente al corazón aquellos años de despojos, de saqueos, de atropellos, y lo más penoso, lo muy doloroso, es que nos recordaba también nuestro bienestar anterior en un tiempo amargo en que todos teníamos que vivir al día. También ella debía mantenerse entre grandes estrecheces; sus joyas habían ido a parar, su fiel Ramírez se había encargado de llevarlas, a casa de Nabor Quintero, el prestamista. Imagínese nuestro asombro al ver salir aquel fantasmón a la luz después de tantos años de absoluta incomunicación. Parecía que fuésemos espectadoras de una representación al aire libre. Dos rosas amarillas recién cortadas adornaban su cabellera rubia. No creo que la agitación alcanzara semejantes proporciones el día que sus vecinos vieron resucitar a Lázaro. No hubo un alma que no se asomara a los balcones o saliera a la calle, y así, con el pueblo entero haciéndole valla, reapareció en escena. ¿Se da usted cuenta? En la primera salida se dirigió al despacho del licenciado De la Peña para encargarle la venta de su finca en La Cuchilla, pues, según aclaró, eran tierras que no podía atender y le estaban haciendo falta unos centavos para algunos menesteres —menesteres que eran comer tres veces al día, me imagino—. Tendría entonces cerca de cincuenta años; ni una arruga en la piel, que se había vuelto de una blancura sobrenatural, ni una cana en el espeso cabello rubio, pero, le digo, ya no era hermosa; la soledad y el sufrimiento la habían dejado marcada. Después de aquella primera salida empezó a hacer algunos paseos al atardecer y todas fuimos, poco a poco, volviéndola a tratar. Al principio sólo un furtivo saludo, luego nos le fuimos acercando, después la admitimos en nuestras casas, y así, cuando vendidas todas sus pertenencias se ofreció a dar clases de piano, a nadie le supo mal encomendarle a sus hijas, máxime que nunca hablaba del pasado ni, muchísimo menos, de sus extraños amores con aquel apuesto general guerrillero. Los años pasaron sin añadir novedades a su vida, a no ser esa misteriosa carta cuyo origen nunca logramos averiguar. Con la vejez se le han agudizado las manías. A veces se pasa noches enteras sentada en el balcón con la mirada fija en el parque, en aquella banca donde una noche de otoño había llorado su amado pocas horas antes de que una bala le penetrara en el corazón. Llueve, hace frío, y ahí la tiene, apostada en la baranda con sus setentaitantos años a cuestas; inmóvil, como si esperara oír algo, como si pensara que de pronto iba a encontrarse con él, mientras sus ojos, alocados e irredentos, se lanzan desesperadamente a buscarlo. ¡La pobre...! No quisiera estar un solo minuto dentro de su piel, con esas cargas que debe llevar dentro, con esos pecados que deben lacerarle todo el tiempo las entrañas; no sólo el asesinato, si lo hubo, pues he llegado a pensar que en este caso eso fue lo de menos, y que el vínculo que la unía a Xavier Rubio era más sórdido y terrible que el crimen mismo.

De pronto doña Carlota dejó de hablar. Algo visto a través de la ventana la sacó de aquella abstracción de medium en que se había mantenido a lo largo del relato. Me asomé yo también. Una figura grotesca cruzaba la calle.

—Es ella —murmuró.

Llevaba un vestido de principios de siglo, de grueso género verde; la cola larga y fluida parecía atorarla a cada momento a los guijarros de la calle, haciendo más penosa aún la marcha; un mantón desteñido y marchito se enredaba, con torpe gracia, a su cuello; se apoyaba al caminar en un bastón tosco de madera con puño amarillo; el cabello, desastrosamente teñido con reminiscencias de yodo, estaba recogido en la parte superior en una informe madeja. Parecía absurdo suponer que aquella estrambótica criatura, ridícula y grotesca, hubiera podido protagonizar un drama pasional tan intenso; pero cuando se acercó y pude contemplar sus ojos quedé sobrecogido. En ellos estaba fija una mirada salvaje y tierna que se paseaba por todos los registros de la pasión, y que de modo impresionante podía traslucirlos todos a la vez, de la ferocidad más animal a la más piadosa de las ternuras, del arrojo más decidido al más conmovedor de los temores.

Nunca más volví a San Rafael. Amelia Otero debe haber muerto; también Concha Ramírez, su fiel sirvienta, y doña Carlota, la obsesiva relatora. Es posible que a la muerte de Amelia se hubiesen podido al fin conocer los pormenores de su tragedia, que hayan surgido cartas, papeles, diarios, pero también es posible que a nadie le hubiera ya interesado leer aquellos documentos. Muertos sus contemporáneos, moría su historia. Tal vez en la planta baja de su casa, los Alarcón —gente de afuera— hayan abierto ya una discoteca.

Tarde de agosto

José Emilio Pacheco

A la memoria de Manuel Michel

Nunca vas a olvidar esa tarde de agosto. Tienes catorce años y estás en secundaria. Tu padre ha muerto, tu madre trabaja en una agencia de viajes. Ella te despierta a las siete. Queda atrás el sueño de combates en la selva, desembarcos en islas enemigas. Entras en el día en que es preciso ir a la escuela, crecer, abandonar la infancia.

Por la noche, al terminar la cena, las tareas, la hora compartida ante el televisor, te encierras a leer los libros de la Colección Bazooka, esas novelitas de la Segunda Guerra Mundial que transforman en hechos heroicos los horrores del campo de batalla. En la Colección Bazooka siempre hay una mujer que recompensa con su amor a quien esté dispuesto a dar la vida por la causa.

De lunes a viernes el trabajo de tu madre te obliga a comer en casa de su hermano. Es hosco, te hace sentir intruso y exige un pago mensual por tus alimentos. Sin embargo, todo lo compensa la presencia de Julia. Tu prima estudia ciencias químicas, te ayuda en las materias más difíciles de la secundaria, te presta discos. Es la única que te toma en cuenta, sin duda, por compasión a quien ve como el niño, el huérfano, el sin derecho a nada. Piensas: Julia no puede amarme. Nos separan seis años y el ser primos hermanos.

Un día te presenta a un compañero de la Universidad, el primer novio a quien se permite visitarla en su casa. Pedro te desprecia y te considera un estorbo. Destruye la relación establecida con Julia. Ahora no tiene tiempo de vigilar tus tareas ni hablan de discos ni van al cine. No sientes rencor hacia ella, te limitas a odiar a Pedro.

Aquella tarde en que Julia cumple veinte años, cuando se levantan de la horrible comida de aniversario, Pedro la invita a pasear por los alrededores de la ciudad. Te ordenan acompañarlos. Suben al coche. Te hundes en el asiento posterior. Julia se reclina en el hombro de Pedro. Él la abraza y maneja con la izquierda. La música trepida en la radio del automóvil. El sol de las cuatro te parece una ofensa más. Pasan los cementerios y los últimos lugares habitados. Para no ver que Julia besa a Pedro y se deja acariciar, miras los árboles a orillas de la carretera: cipreses, oyameles, pinos desgarrados por la luz del verano.

Se detienen ante el convento perdido en la soledad de la montaña. Bajas con ellos y caminan por corredores y galerías desiertas. Se asoman a la escalinata de un subterráneo en tinieblas. Se hablan y escuchan (ellos, no tú) en los huecos de una capilla que trasmite susurros de una esquina a otra. Y mientras Julia y Pedro pasean por los jardines tú que no tienes nombre y no eres nadie inscribes en la pared cubierta de moho: *Julia, 19 de agosto, 1954.*

Salen de las ruinas del monasterio, se internan en el bosque húmedo, bajan hasta un arroyo de aguas heladas. Un letrero prohibe cortar flores y molestar a los animales. El bosque es un parque nacional. Quien desobedezca recibirá su castigo.

Vibran las frondas con el aire que revive tus sueños. Por un instante vuelves a ser el héroe de la Colección Bazooka, el vencedor o el derrotado de Narvik, Tobruk, Midway, Iwo Jima, El Alamein, Stalingrado, Varsovia, Monte Cassino, Las Ardenas... Te imaginas combatiente en la caballería polaca o en el Afrika Korps, soldado capaz de actos heroícos que una mujer premiará con su amor.

Julia descubre una ardilla en la punta de un árbol. Me gustaría llevármela, dice. Las ardillas no se dejan atrapar, contesta Pedro, y si alguien lo intenta hay guardabosques para impedirlo y encarcelar a quien se atreva.

Yo la agarro, aseguras sin pensarlo, y te subes al árbol a pesar de que Julia quiere detenerte. La corteza hiere tus manos, la resina te hace resbalar. La ardilla asciende aun más alto. La sigues hasta poner los pies en una rama. Miras hacia abajo y ves acercarse al guardabosques y a Pedro que se pone a hacerle conversación. El guardabosques no alza la mirada hacia el árbol en que estás inmóvil y oculto a medias en el follaje.

Julia intenta no traicionarte con la vista. Pedro tampoco te delata: se propone algo más cruel. Retiene al guardabosques con pregunta tras pregunta, le da algunos billetes, lo deja hablar y hablar de sí mismo, quejarse de los paseantes y de lo poco que gana. Así te impide el triunfo y prolonga tu humillación.

Han pasado diez o quince minutos. La rama empieza a ceder bajo tu peso. Sientes miedo de caer desde esa altura y morir ante Julia o romperte los huesos y quedar inválido para siempre. O de otro modo, darte por vencido, dejar que el guardabosques te lleve preso.

Atrapado por Pedro, el guardabosques no se va. La ardilla te desafía a medio metro de la rama crujiente. En seguida baja por el tronco con un agilidad que nunca será tuya y corre a perderse en el bosque. Julia se ha soltado a llorar, lejos del guardabosques y de la ardilla pero de ti más lejos e imposible.

Al fin el guardabosques agradece la propina de Pedro, se despide y vuelve al convento. Entonces bajas, muerto de miedo, pálido, torpe, humillado, con lágrimas. Pedro se ríe de ti. Julia no llora: le reclama y lo llama estúpido.

Suben otra vez al automóvil. Julia no se deja abrazar por Pedro y nadie habla de nada una palabra. Bajas en cuanto llegan a la ciudad, caminas sin rumbo muchas horas y al llegar le cuentas a tu madre lo que ocurrió en el bosque y subes a la azotea y quemas en el boiler la Colección Bazooka. Pero no olvidas nunca esa tarde de agosto.

Esa tarde, la última en que tú viste a Julia.

Índice

Cuentos mexicanos. Antología terminó de imprimirse en agosto de 2000, en Litográfica Ingramex, S. A. de C. V., Centeno No. 162, Col. Granjas Esmeralda, C. P. 09810, México, D. F. Cuidado de la edición: Enrique Mercado, Marisol Schulz y Freja I. Cervantes.